S P R I N G

每一本好書都是一顆種子，
春天播種在你的心田夢土上。

Spring

S P R I N G

每一本好書都是一顆種子，
春天播種在你的心田夢土上。

Spring

# 双劍傳說

## The Legend *of* Two Swords

Div 著

# 自序

如果每一部作品都是一個孩子，《雙劍傳說》無疑是目前為止最坎坷的一個。

它曾經多次被出版社相中，曾經披上戰袍去參加比賽（但是我弄錯了參賽日期），卻始終差了臨門一腳，無法成書。

一直到前幾天，我聽到出版社跟我討它的「序」，我終於有種好事近了的感覺，雙劍，終於要出書了。

這是一本跨越古今，奇幻且帶有愛情力量的祕密小說，裡面揉合了我最喜歡的考古和科幻，當然，這對我來說更是一個莫大的挑戰。

中國十大神兵中，唯一具有剛強無敵和柔軟深情的一對神兵「干將莫邪」出土！可是在出土之際，卻帶來令所有考古學家錯愕的重重謎團。在雙劍背後，究竟有著什麼樣離奇的故事呢？

看到雙劍出書，說實在的，我比誰都要開心，因為，它是我一個小小的里程碑，這個里程碑中，紀錄了太多太多過去與現在的我。

呵呵，話不多說，請你翻到下一頁，一個讓你盪氣迴腸，又柔腸百轉的奇異故事《雙劍傳說》，正式開始了！

Div

# 双劍傳說
The Legend of Two Swords

# 001／擾人清夢的電話

現在的時間，是二月十四日凌晨三點半，在中國大陸太原的郊外，一間樸素隱密的旅館中。

夜已深，旅館的燈火早已熄滅，房內顯得一片漆黑，萬籟俱寂。

這原本應該是一個清幽而寧靜的夜晚，卻在此時——

鈴鈴鈴……鈴鈴鈴……鈴鈴鈴……鈴鈴鈴……

一陣尖銳急促的電話鈴聲，劃破了夜晚的寧靜，也驚醒了正在床上沉睡的人。

旅館的白色大床上，正躺著一對相擁而眠的男女。

男子一聽到電話聲，就猶如一頭靈敏的野獸，眼睛睜開，從夢中清醒過來。

男子的雙眼因為驚醒，而顯得有些迷濛，他先看了看胸前，有隻纖細白皙的女子手臂擱在上頭，又轉頭看了看床頭邊，一具電話正發出擾人清夢的催促鈴聲。

他溫柔一笑，非常小心的把胸前的女子手臂抬起，然後敏捷的一個轉身，右手拿起了電話筒。

「喂！」

一接通電話，電話那頭，馬上傳來焦急男子的聲音，

「請問是雷博士嗎？大發現！大事！快！快！」

「我就是雷博士。」這位被人尊稱為雷博士的男人聲音低沉，富有磁性，讓人一聽就不自覺鎮定下來，「你是小黃吧！怎麼啦？什麼事情需要三更半夜打電話來？這麼大驚小怪的！」

「是！我是小黃！雷博士對不起！不過這兒出大事啦，請您快過來看看。」電話那頭，那個被雷博士稱作小黃的男人，聲音雖然稍稍平緩下來，但仍然高亢嘹亮，顯然還處在一個情緒高昂的狀態。

「嗯，小黃你別急，是挖掘場的事情嗎？」雷博士聲音雖然聽來平靜，心中卻起了一點波瀾，這小黃平素雖然活潑好動，卻也不是一個容易受驚誇大的人，怎麼今晚這麼奇怪？

「是啊！」小黃說道，「您看看我多粗心，都忘了先跟您報告，今天挖掘場挖出了一個不得了的東西了。」

「挖出了什麼東西？」雷博士心跳微微加速，追問道。

「是劍！兩把劍。不，應該說是一雙古劍。」說到這兩把劍，小黃聲音陡然高昂起來，難掩興奮之情。

「一雙古劍？」雷博士沉吟了一會，「什麼樣的一雙古劍，可以讓你這樣大驚小怪？我們挖掘場上地近太原古戰場，挖出一兩把劍，不是稀鬆平常的事情嗎？」

「雷博士，這一雙劍可不同啊。您一定要來看看，如果不是特別的古劍，我也不敢半夜吵醒您啊！這雙古劍不但鋒利無比，削鐵如泥。而且這對古劍一把粗大如斧，一把卻細巧藏鋒，上頭的紋路細緻精巧，還是成雙成對！我的眼光不會錯，我們真的挖出了不得了的東西啦！」小黃越說越興奮，呼吸也急促起來。

「這雙古劍，是大劍小劍剛好成為一對嗎？」雷博士沉吟了半晌，腦海突然閃過一個傳說，一個中國劍史上，流傳久遠的傳說，雷博士感到口乾舌燥，低聲說道：「難道……」

「難道？」

「小黃，你聽著，先別急著動這兩把劍，我馬上就到。」

「好，就等您來。」小黃接口道。

雷博士彷佛感染了小黃的情緒，聲音有些顫抖。

「切記，別急著動劍，等我過去看看。」

雷博士掛上電話之後，右手按在胸口，用力的吸了一口氣，氣入丹田，紛亂的腦海頓時清明起來。雷博士修行中國古老的氣功已經有二十寒暑，透過武術運氣的方法，可以讓他隨時保持精神和肉體的清醒。

雷博士回復冷靜之後，隨即小心翼翼的爬下床，拉開衣櫃，快手快腳的換上一身衣物，動作間，仍不時偷瞧著床上睡得香甜的女子，雷博士深怕自己的動作太大，會驚醒佳人。

終於，雷博士換好了衣物，此時已經二月中旬，雖然嚴冬已過，頗有春暖花開的氣氛，可是空氣中寒氣猶未消除。尤其是挖掘場位在黃土高原之上，放眼望去無邊無際，伴隨深夜的氣溫低下，冷風颼颼，寒氣逼人。

所以，雷博士刻意多穿了幾件衣物，才慢慢的走出房門，正當他輕手輕腳的拿起書桌上的車鑰匙，卻在此刻……

「雷，這麼晚了，你要去哪？」

一個溫柔婉約的女音，有如清雷劃破重雲，在雷教授身後響起，讓他動作不由得一頓。

雷教授轉過身，恰好迎上那女子的雙眼目光。那女子身穿著一襲淡粉紅色的高雅睡衣，兩眼燦燦，正用擔憂的眼神看著雷博士。

這女子，就是剛才和雷教授在床上相擁而眠的女子，也是雷博士結縭五年的髮妻，蓮。

這女子人如其名，有如蓮般出水芙蓉，清麗動人，聲音柔美不說，一頭柔細長髮如黑瀑瀉下，倚在她的胸口之前，一雙水靈大眼，小巧的鼻子，白細的皮膚，就算是這個睡眠不足的午夜時分，也難掩她的豔麗無雙。

尤其是她的嘴巴，略薄的雙唇，唇邊微微上翹，給人一種強烈的感覺。這女人外表雖然是婉約溫柔，個性卻是堅毅無比，叫人不敢輕視。

不過，說起這女子的性格，還有誰比雷博士更加了解？

「蓮……」雷教授走到這女子的面前，伸出大手，輕輕撫著她頭上的長髮，溫柔而且歉疚的笑著。

「吵醒妳了嗎？」

「沒吵醒我，只是三更半夜的，你要去哪呢？」蓮歪著頭，淡淡的笑著。「是挖掘場那頭出事了嗎？」

感嘆蓮的冰雪聰明，一猜即中「挖掘場」，雷教授不由得笑了起來。

跟小巧美麗的蓮比起來，雷教授的身材壯碩高大，兩人相擁，有如黑熊和白兔的對比。

雷博士身材高大，身高一百八十公分，體重八十公斤，尤其是他的下巴蓄著濃厚的絡腮鬍，五官有如被斧頭鑿刻般俐落挺拔，象徵著雷博士堅毅不苟言笑的一面。

但，在他的臉上，最吸引人的，卻是那雙眼睛。雙眼雖然不大，卻是明亮無比，那是一雙有如孩童的好奇眼眸，散發出對未知事物的濃厚熱情。而且他眼中不時閃過的頑皮和狡獪，更凸顯了雷博士童心未泯的一面。

雷博士的皮膚和蓮的雪白無瑕完全不同，是飽受風霜的黑褐色，那是長年待在烈日風沙下考古，所留下榮耀的勳章。

「蓮，妳猜得沒錯，挖掘場那頭出事了，剛才小黃打來，就是說起這件事。」雷博士摸著蓮的長髮，說道，「他說挖出了不得了的東西。」

「不得了的東西？」蓮美麗的雙眸閃過一絲好奇的神采。「是什麼呢？明朝的字畫？不是！……元朝的陶瓷？也不是！難道是宋朝的古壺嗎？也不是！」

見到雷博士一個勁的搖頭，蓮抿起了雙唇，佯作生氣的說：「討厭，那是什麼啦？」

「可能是比這些東西都要古老的古物，剛剛出土了。」雷博士聲音微微上揚，有著掩不住的興奮。

「這次的古物是古劍！妳猜猜，是什麼樣的劍？」

「劍？」蓮秀眉微蹙，手摸了摸下巴，「歷史上有名的劍有什麼呢？是皇帝用來賜死名臣的劍嗎？還是將軍隨身攜帶的佩劍？」

「蓮，要不然這樣吧！如果妳猜得出是哪種劍，我就帶妳去挖掘場，妳不是老嚷著我不帶妳去嗎？」雷博士眼裡蕩漾著笑意，對蓮挑戰道。

「哎呀，老公，你這題目出得不公平，多給些提示啦。」蓮用雙手環住雷博士的腰際，撒嬌的說。

「嗯，好，再給妳一個提示。」雷博士笑著說，「這劍歷史悠久，而且每次在歷史上現身，都是成雙成對，有如夫妻般不離不棄，算得上是中國史上最有名的一對雙劍。」

「雙劍！！！！」蓮臉色微變，嘴巴微微張開，露出詫異無比的神情。「你是說，那源自春秋時代，誕生在同一劍爐，充滿傳奇色彩的夫妻雙劍嗎？那雙劍不就是……」

「沒錯！」雷博士聲音興奮，接口道，「而且這雙劍鋒利無匹，削鐵如泥，小黃因此懷疑，它們就是……」

雷博士和蓮異口同聲的說道：

「干將，莫邪。」

# 002／凌晨的挖掘場

從雷博士兩人所居住的旅館到挖掘場，約莫是一小時的車程。

所以當他們兩人驅車抵達挖掘場之時。原本一片陰沉無光的夜空，已經泛起了淡淡的魚肚白，晨光朦朧之中，地勢高聳的太原挖掘場，正籠罩在一片深深的晨霧中。

挖掘場佔地遼闊，又屬於高原地形，一片平坦，放眼望去，彷彿無邊無際的塵沙滾滾。凌晨時分天色暗沉，晦暗陰鬱，讓開著吉普車的雷博士兩人，感受到無以名狀的悲壯氣氛。

蓮望著車窗外不斷流逝的荒涼景致，不由得想起，這片高原曾是赫赫有名的『太原古戰場』。

太原因為地處樞紐，軍事價值極高，自古以來就是兵家必爭之地，不知道有多少大小戰役，曾在這裡發生過？又有多少拋妻棄子的英雄戰士，飲恨於此？而眼前一顆顆飛來的黃土細沙，又默默刻畫著哪些扣人心弦的動人故事？

而中國史上，最古老也最負名氣的夫妻雙劍，『干將莫邪』，又為什麼會深埋於此？在它們背後，是否也埋藏了一個故事呢？

在眼前等待他們兩人的，又是一個什麼樣動人的古老歷史呢？

在蓮的沉思之間，顛簸的吉普車，終於停了下來。

「到了喔，蓮。」雷博士轉頭對蓮微微一笑，右手拉起手煞車，拿起隨身的行李，跳下了車。

蓮第一次看見挖掘場的模樣，整個挖掘場用簡單的木柱圍成柵欄，條條木柱一直延伸到大地的彼方，可見挖掘場的遼闊，而她眼前的柵欄上，則掛著一個牌子，幾個斑駁的紅色大字這樣寫著：

『警告！此乃管制區域，非挖掘相關人員，嚴禁進入！』

就在此刻，柵欄的門嘎吱一聲被人推開，一個身穿著亮黃色上衣，頭髮被風吹得凌亂，笑容可掬的年輕人，右手高舉，正對著雷博士猛揮手。

「博士您來啦！太好了！」年輕人跑過來，跟雷博士熱情的握手。「我正等著您呢！」

「小黃，來，我來跟你介紹一下，這位是內人。」雷博士禮貌的介紹了兩人

「蓮，這位就是我常跟妳提起的，負責挖掘場的監工，陳明，妳叫他小黃就好啦。」

「雷夫人，妳好。」小黃一見到蓮，竟害羞的臉紅起來，「博士你真有福氣，娶到這樣美麗的夫人……」

「小黃你的嘴巴好甜，難怪雷他直誇你……」蓮仔細端詳了小黃幾眼，眼前的年輕人雖然不修邊幅，可是雙眼有神，鼻梁高挺，倒是一個相貌堂堂的年輕人。

只是，論名字或是外貌，都跟這個「黃」字扯不上關係，蓮不由得好奇起來，問道：「如有冒犯請多包含，我看你膚色也不黃，名字也不帶黃字，怎麼會叫你小黃呢？」

「哈哈。」雷博士在一旁先笑了出來，「這小子從以前就不愛洗澡，整天穿著一件黃外套，在挖掘場上，可亮眼得很，久了，人家就愛稱他小黃啦。」

「哈哈哈，雷博士說得也對，不過我從小就被人稱呼小黃，好像跟我愛穿黃衣服有關吧！不過我還是會洗澡啦……只是機會不多，我們搞考古的，哪來那麼多機會可以洗澡？」小黃搔了搔滿頭亂髮，稚氣的笑了起來。

「呵呵，這句話說得倒是滿有道理的。」雷博士笑著說道，「實地考古，就像是跟黃土抱在一起打滾似的，說多髒就有多髒，洗澡的機會倒是不太多。」

「是嘛是嘛，雷博士你就饒了我吧，我在美女面前可是會木訥害羞，說話絕對說不贏你的！」小黃看了蓮一眼，紅著臉笑了。

看著小黃，蓮的嘴角不禁微微上揚起來，難怪雷老是提他，這麼喜歡他。雷的心中，肯定把小黃當成弟弟一般。小黃年輕，天真，充滿幹勁，同時對雷懷抱著一股崇拜。蓮輕嘆了一口氣，唉！自從上次發生那考古悲劇之後，雷消沉了好一段時間，能遇見小黃，其實也算是一種情感轉移吧！

三人寒暄完畢，他們換上另一種交通工具，那是挖掘場專用的工程車，這工程車的外型，看起來像是一台小型的怪手，但是它的輪胎經過專業設計，四輪粗大，附有鐵履，有如戰車，可以爬過任何地形。像挖掘場這樣高低不平，坑坑洞洞的地方，若不是經過專業設計的工程車，還真是寸步難行。

工程車座位有限，小黃上了駕駛座，蓮坐上了前座，雷博士則是半站半坐的倚在工程車的尾部。

「小黃，你在電話裡頭說的那兩把劍……難不成是春秋戰國史上，最負盛名的雙劍……」雷博士一上車，就迫不及待的問道。

「是，正是那兩把劍！」小黃答道，興奮的說，「雷博士，我跟您說，我小黃雖然沒有您數十年的考古資歷。這些年跟著您東奔西走，也看過不少好貨。可是，我剛看到這雙寶劍，我心頭還是猛跳了幾下，我一看就知道，好傢伙！乖乖不得了的東西出土了……其實，這兩把劍剛從土裡帶出來的時候，劍鋒還黏在一塊兒，就好像一對恩愛的夫妻，在土裡頭，相擁而眠，長達千年……」

「嗯……你是說，這兩把劍出土的時候，是黏在一塊的？」雷博士眉頭微皺，沉吟了一會，問道。

「正是！是黏在一起的！幸好本身劍刃上的鐵沒有熔在一起，所以還是被我們分開了。」小黃答道。

「不過，雷博士，我之所以半夜將您叫醒，並不是發現雙劍那樣單純，是因為……是因為……」

「因為什麼？」雷教授問道。「別結結巴巴的！」

「因為這雙劍……老實說，出土的樣子挺奇怪！我考古的時日也不短，卻從沒見過這樣奇怪的事情……所以，我才請博士您來看看……」小黃遲疑了一會，才說道。

「怎麼奇怪法？說來聽聽？」雷博士聽到此處，精神一振，連忙問道。

「您聽了可別太驚訝！」小黃苦笑道，「這對雙劍在我們的歷史上，可以說是少有的鋒利，許多的傳說，都說到『干將莫邪』十分鋒利，尋常的刀劍難以匹敵，這樣的一對神劍。照理說，除了歲月本身的腐蝕，劍身應該要完美無缺才是……可是……當我們發現這對雙劍的時候……卻……卻……」

「卻什麼啊？吞吞吐吐的……」雷博士皺眉追問道。

「卻是……斷的。」小黃苦笑答道。「兩把都斷了。」

「啊！斷的？兩把都斷了？」雷博士心頭一驚，和蓮互望了一眼，都在對方眼中發現相同的震驚。

「是啊，雷博士，奇怪的事情還不止如此，雙劍的上頭不知道用了什麼樣的保存法？竟然沒受到絲毫的氧化受損！偏偏劍身被齊腰斬斷，兩把都是如此……所以我猜……我猜……恐怕有其他的兵器……」小黃繼續說道。

「雙劍是被其他兵器砍斷的！！」雷博士想到此處，忍不住失聲喊道。

雷博士憶起關於雙劍的記載，是這樣描述的：這對雙劍打從一出爐，就帶著傳奇的色彩，先是來歷奇特的玄鐵，無論多麼高溫都無法熔化的材質，最後犧牲了莫邪一人，投入爐中，才以身化鐵，以鐵成劍，鑄成天下第一劍。

雙劍不但來歷特別，之後的遭遇更加奇異，它先是揹著殺父之仇，後來還怒斬昏君，神鬼色彩濃厚。

這也使得它的傳說，成為中國劍史上最神祕迷離的部分，況且這雙劍最大的特點，乃是夫妻雙生，誓死不離，更增添了不少浪漫的色彩。

但是，在中國歷史上，竟然還有另外一把武器，可以同時砍斷鋒利絕倫，天下無敵的干將莫邪雙劍！究竟是什麼武器？抑或是什麼奇特的傳奇呢？

這背後，究竟隱藏著一個怎麼樣的故事呢？

另一頭，蓮注視著雷博士皺眉的神情，不由得露出淡淡的微笑，因為她知道，當雷博士皺起眉頭，就是他奮力思索，突破逆境的時刻。

她心裡偷偷地說著：「加油加油，親愛的老公！」

# 003／斷裂的雙劍

工程車發出轟隆轟隆的聲音，在高低不平的挖掘場上奮力前進，終於在一個淺棕色的大帳篷前停了下來。

這棕色的帳篷佔地極大，比一般的帳篷大上百倍有餘，蓮一推開帳篷，就不由得發出一聲驚嘆，因為帳篷裡頭，實在太豪華了啊。

蓮的心中，一直對「帳篷」這物品有著刻板的印象，帳篷是登山人為了遮蔽露水風寒，所臨時搭起的，狹小而擁擠，只能塞下幾個睡袋罷了。

但是，眼前這個考古學家的巨大帳篷，卻不是如此！首先映入眼簾的，是十張井井有條的辦公桌，桌子後面是兩排整齊羅列的氣墊充氣床。一直往帳篷深處走去，會發現這帳篷中無論是乾淨的水、新鮮食物，或是其他基本的生活需求，都是應有盡有。

雖然帳篷跟住家那種舒適感仍不能相比，但在這片人跡罕見的荒野上，一個高科技帳篷，卻形成一股獨具格調的現代享受。

小黃帶著兩人往帳篷深處走去，沿途只看見蓮不時露出詫異的神情，興趣盎然的左右張望。

「蓮，妳第一次來到這帳篷吧？」雷博士笑道，「這是幾年前才跟國家申請到的豪華裝備，前幾年還是苦哈哈的蹲普通的帳篷啦。」

「呵呵，原來你這幾年住得這麼好啊，難怪都不愛回家。」蓮雙手叉腰，佯裝生氣的說。

「哈哈，這帳篷哪比得上我們的小窩，可是妳老公就是一個標準的工作狂嘛。」雷博士用大手環住蓮纖細的後腰，嘻嘻一笑。

「親愛的老婆大人，妳誤上賊船，嫁給了一個工作狂，只能認栽囉。」

「哼！下次你再晚歸，我就罰你不准吃晚飯！」蓮輕輕一笑，用手指戳了戳雷博士長滿粗鬍的大臉。

「罰不准吃飯怎麼夠？可以罰其他的……」雷博士調笑道。

蓮一轉頭，卻發現小黃臉上微紅，正用眼睛偷偷瞧著他們兩個打情罵俏。

蓮輕輕拉了拉雷博士，阻止他繼續開玩笑。蓮心中想到，小黃跟著雷博士這麼多年，肯定是一個以考古為中心的單純男孩，所以少有機會接觸女孩吧？以後有機會，替小黃介紹幾個可愛的女孩吧。

三人說說笑笑，不一會，已經走到了帳篷的最深處，映入蓮眼簾中的，是一道金屬門。

見到這道門，蓮不由得嘖嘖稱奇，帳篷裡頭設門已經夠稀奇了！這門竟然還是純白金屬所打造，銀白色的門面顯示出凜然不可侵犯的氣勢，門上不但沒有把手，而且數字密碼鎖和指紋鑑定器一應俱全。

蓮轉念一想，她突然明白了，這道戒備森嚴的金屬門的後面，肯定就是雷幾年來最重要的心血結晶，也是價值最高的古物儲藏室。

小黃趨前，手指如飛，鍵入一連串數字。

「這道門，目前只有三個人有權力開啟，除了我和小黃之外，第三人是這次考古的總工程師！我們都叫他萊恩老弟，萊恩這幾天去北京開會了，所以妳見不著他。」

雷博士看見蓮雙眼緊盯著這道鐵門，顯然有些疑惑，於是他開口解釋道：「蓮，這幾年古物在國際拍賣會的價格突然飆漲，蘇富比拍賣會上連創新高。如此的情況下，使得我們許多重要的古物遺蹟接連失竊。所以我們在這帳篷內，才特地裝置這個古物實驗室，古物實驗室和帳篷電力獨立，自給自足，可以保護剛剛出土的重要寶物。」

「啊！國際古物飆漲？重要古物接連失竊？」蓮一聽，轉頭問道。「為什麼呢？」

「這……」雷博士和小黃互望了一眼，兩人似乎有難言之隱，小黃接口道：「嫂子，是有不法集團在收購古物。」

「不法集團？收購古物？」蓮一呆，「這是怎麼回事呢？」

「沒什麼事，沒什麼大不了的事情！」突然間，雷博士打斷了三人的談話，他大步向前，將手掌放在指紋鑑定器上頭，鑑定器一道藍光閃過，特製的鐵門發出鏘的巨響，房間內空氣急速置換，發出咻咻的聲音，這道固若金湯的大門終於被打開了。

蓮眉頭一皺，她和雷認識這麼多年，雷的脾氣她比誰都要了解。自從雷上次考古發生那樣的悲劇之後，他每次做出這樣的舉動，原因只有一個，那就是他因為害怕蓮會擔心，而試圖掩蓋什麼。

雷在怕什麼？為什麼不願意讓她知道，難道……那個不法集團，是有危險性的嗎？

可是，蓮還來不及說話，門一開，躍入眼前的畫面，就不由得讓蓮一陣驚嘆。

眼前哪裡是什麼荒漠上的考古帳篷？根本是一個擁有高度精密科技的小型實驗室。

實驗室中，整整齊齊的擺著數十台大小不一的精密儀器，蓮這些年雖然對考古有所涉獵，也叫不全所有儀器的名稱。

實驗室的後面牆壁上，則是一個巨大的玻璃櫃，櫃子裡頭都是經過歲月焠鍊，散發濃濃古老氣味的珍奇古物，這些古物，無論在學術還是金錢的價值，都是無可衡量的珍寶。

眼前的儀器琳瑯滿目，各種已經出土的古物更是華麗迷人。不過蓮的眼睛，最後卻禁不住停在一個玻璃箱上。

這個玻璃箱，底下墊著深紅色的柔軟絨布，而且絨布上頭，擺的就是一對血銅色古劍。

「啊……就是它們嗎……」蓮用雙手摀住嘴巴，強忍要發出尖叫的嗓子。

「正是！」小黃興奮的接口道。「就是這一對古劍！」

雷博士難掩興奮之情，大步向前，右手一掀，打開了這個玻璃箱。紅色絨布上，兩把稀世奇珍，透出璀璨的紅光，映入眾人的眼中，所有人頓時屏住了呼吸。

好美啊……

這就是『干將』和『莫邪』嗎？

這一瞬間，雷博士突然明白，小黃為什麼會興奮到幾乎失控了！

因為這一對古劍，就算不是『干將』和『莫邪』，它們也是不可多得的曠古奇物！

先說它的劍刃部分，光潔滑潤，沒有絲毫腐蝕的跡象，這就是難得的寶物！

要知道土壤本身就是一個極佳腐蝕環境，因為土壤內含大量的異質元素，並且深埋的高壓會加速腐蝕速率。無論是何種金屬，做過何種防腐處理，在土地中被埋藏千年，都難逃被氧化的命運。

但是，這對雙劍在泥土下埋藏了如此之久，劍刃光澤依舊，不損分毫，只是多了一份難以言明的古樸之氣，更添它不朽的價值。

雷博士深吸了一口氣，雙手戴上防塵手套，拿起其中一把較為細小的古劍。

雷博士拿的是雙劍中，較為細長的一把，他原本以為，這樣的長劍，只要單手就可以輕鬆拿起。沒想到他右手猛然一滯，竟然險些拿不起來。

沒想到，這柄劍細細長長，看似輕盈軟劍的模樣，竟然比它的外表看來重得多！

雷博士微微吃驚，他自幼隨著父親修行武術氣功，雖然不能稱得上武術高手，這麼一點健體強身的功用總是有的。以他的氣力，竟然差點拿不住這把古劍，這劍的重量，重得嚇人啊。

「小黃，這劍好沉，它究竟多重？」雷博士眉頭一皺，轉頭問道。

「我剛才量過，是五十六點六公斤，但由於它只是斷劍，若是加上它遺失的部分，我預計它至少有六十五公斤……」小黃拿出桌上的筆記本，上頭密密麻麻記載著測量過後的數字。

「六十五公斤！這麼重？！」雷博士心頭駭然，古書記載，中國古劍中以巨闕最為巨大，使用者必須扛於肩上方能行走，重達百斤，百斤換算成現今單位，也不過五十幾公斤。

如果說，這把細長古劍真是雙劍中的『莫邪劍』，那它的重量竟然還在巨闕之上？那另外一柄『干將劍』豈不是更加嚇人？

而且，雷博士心頭馬上升起一個疑問，在人類已知的知識領域中，有密度這樣高的金屬嗎？

這把「莫邪」究竟是什麼材質打造而成？竟然隱隱有挑戰人類知識極限的意味？遙遠的春秋時代，神奇的雙劍傳說中，難道隱藏了什麼不為人知的秘辛嗎？這把細長的古劍就有如此重量？那另一把粗大的古劍，究竟有多重呢？就算在春秋戰國，真的有人能使用這樣沉重不便的武器嗎？

就在雷博士陷入沉思之際，突然他聽到身旁的蓮發出「噫！」一聲驚呼。

雷博士一轉頭，一件不可思議的事情，躍入他的眼中。

他的妻子，蓮，這個從小出生在富貴之家，手無縛雞之力，纖弱細小的女子，竟然……竟然，只用一隻右手，就拿起了另一把古劍，那把看起來沉重巨大，劍身比蓮的腰部還粗上幾分的古劍。

雷博士用雙手才拿起的沉重細劍，和蓮只用單手能舞動的輕盈巨劍，這兩種劍的材質，輕重之間，同樣讓人訝異。

在雷博士的知識領域中，自然界以鋁、鎂金屬最輕，但就算是鋁、鎂，要鑄成體積這樣大，重量卻如此輕盈的劍，也是不可能的事情。

況且鋁、鎂都是極容易被氧化腐蝕的金屬，要它們積存在地底千年，而絲毫無損，更是絕無可能的事情！

只是初見這對雙劍，雷博士心頭就被無數的問號盤旋，如果再探索下去，還會發現多少謎團呢？

雷博士沒有說話，沉吟了片刻，眼睛貼近古劍，仔細端詳起來。

這把細長的古劍，劍柄長約二十公分，劍刃雖然斷裂，可是仍有六十公分的長度，劍寬約五公分，在中國鑄劍史上，算是窄劍，整把劍長八十公分。

依劍形來推測，斷劍之處約在劍刃的中心處，換句話說，原本的劍刃長度，恐怕有足足一點二公尺，的確是把難得一見的細長劍！

要知道春秋戰國時期的古劍，以秦代為一個重要的分水嶺，秦以前，古劍多以青銅為主，秦以後，則是鐵劍步上了武器舞台，日後逐漸取代了銅劍。

而若論青銅劍，在春秋名書《考工記》中有言，『參分其金而錫居一』，意思就是說，春秋的古劍，銅比錫三比一，是最佳的比例。

但是青銅劍有一個致命傷，那就是銅質太軟，以至於劍身不能太長，否則劍尖會軟垂，所以銅劍少有超過五十公分的，唯有鐵劍才能鑄出超過一百公分的長劍。

但是，很明顯的，這把源自於春秋末期吳越的雙劍，不可能是鐵劍，既然是銅劍，如何鑄出這樣細長的劍身？這『莫邪』劍的材質讓人起疑。

尤其是它的重量，在小黃測量下，有超過五十公斤的重量，幾乎等於一個成年女子的體重。

古代書籍中，若論劍的重量，當然首推『巨闕』，據說此劍之重，持劍者必須扛在肩上才能行走！可是光看這柄『莫邪』的重量，就在『巨闕』之上，那麼重的劍，究竟要如何用在戰場殺敵呢？

想到這裡，雷的臉色凝重，緊蹙的雙眉，正是他絞盡腦汁的證明。

雷博士再仔細端詳，劍的鍛造方法十分特殊，整把劍紅光閃閃，隱帶紫氣，劍脊和劍莖一體成形，上頭的劍紋交錯，刻工細緻，以雷博士對古劍的研究，竟然完全看不出它的鍛造方式！

「春秋時代最有名的鑄造法，莫過於『失蠟法』！可是『失蠟法』鑄不出這樣完美的劍體！難道……」雷博士心臟撲通撲通的跳著，「曾有學者提出，早在『失蠟法』前五百年，有一種更古老的鑄劍法，稱為『焚失法』，此法鑄出的劍，劍身之美，刻文之精，據說更在『失蠟法』之上！只是……『焚失法』只有在史冊上驚鴻一瞥，加上『焚失法』技術太過成熟，連現代的技術都望塵莫及，學者們多不承認這個方法……沒想到，雙劍卻證明了這個鑄劍法的存在！」

還有，劍刃和劍柄上都刻有古字，只是令雷博士訝異的是，以他對中國考古的博學多聞，上從甲骨下至現代的楷書，每個時代文字特殊的筆法，如何落筆，如何運筆，他都可以約略分辨。

偏偏這把劍上頭的古字，他連印象都沒有，乍看之下，這古字落筆頗有鑿刻痕跡，字字都是一筆呵成，起筆輕柔，收筆處卻力道十足，卻有如一道劍痕。不似漢代隸書之後的渾圓婉轉，這文字古風十足，也許比秦代小篆還要古老。

如果這樣推算，的確可能是春秋戰國時代，地方性的文字，這文字太過偏僻，一定得回到國家級的史資館，慢慢研究，才能找出這文字的類似年代。

不過雷博士不擔心年代的問題，考古上有了文字，要鑑定年代就方便得多，況且現在有碳十二衰變鑑定儀，只要有儀器，所有的古物的年代都無所遁形。

比較起來，真正讓雷博士好奇的，卻是另外一件事。這兩把劍真的是史冊上記載的『干將』和『莫邪』，那理當是無堅不摧的終極武器，是什麼東西在這個戰場上，將這兩把曠世奇兵同時削斷？

尤其是劍身上的斷紋如此整齊平整，沒有絲毫鋸齒痕跡，一看就知道是被某種鋒利無比的利器，以不到零點一秒的速度，瞬間削斷。

這兩把劍就算未必是『干將』和『莫邪』，這樣特異的材質，就算是現代武器已經如此發達，要這樣將它瞬間削斷，都不是一件容易的事情，雷教授想到的是，難道是功率極高的雷射武器，或是工業界中，專門切割鑽石的水刀。

「蓮，小黃，這劍果然神祕，我來試試它的鋒利程度。」雷博士慢慢走到實驗室一張實心的鐵桌旁。

只見雷博士將古劍舉起，劍尖朝下，對準著平坦的桌面。

然後他深吸了一口氣，右手鬆開了古劍。

古劍挾著重力加速度，落下，在劍刃碰上鐵桌的瞬間，三人同時屏住了呼吸。

劍會折嗎？還是彈開？還是會砰一聲，削下鐵桌的一角？

那一瞬間，所有人都看得痴了。

劍不但沒有斷，也沒有折，這把古劍碰到鐵桌的剎那，竟然沒有發出聲音，也沒有火花，彷彿滑入水中一般，直挺挺的插入了實心鐵桌之中。

看著劍緩緩的「滑」入鐵桌中，直沒至柄，此間沒有人敢出聲，因為每個人都被這劍的鋒利給深深震懾了！

「好……好利……這……這還是一柄斷劍欸……」小黃看得目瞪口呆，吞吞吐吐的說道。

「蓮，妳來，妳那把劍給我。」雷博士盯著鐵桌，沒有轉頭，只是伸出右手。

蓮點了點頭，將手上那柄巨大的古劍遞給雷博士，雷博士手掌一握，雖然早就知道它十分輕盈，還是不由得一陣錯愕，竟然比他想像中還要輕！

簡直就像握著一柄棉花糖似的。

「蓮，小黃，你們退開。」雷博士低聲喝道，同時將古劍舉起，剛好過胸。

喝！

雷博士舉起古劍，對著那實心鐵桌，不輕不重的砍了下去。

這次完全不似剛才細長古劍的鋒利無聲。當巨大古劍砍上鐵桌時，砰！爆出一聲巨響！比起『莫邪』銳利得讓人戰慄。這次卻是另一種打從心底升起的震撼，因為巨響過後，長寬各兩公尺，堅硬無比的實心鐵桌，竟然整個裂開，裂成了兩半。

「嘖嘖嘖嘖……」小黃舌頭吐出，驚訝之情全寫在臉上。

雷博士舉起手中的巨大古劍，這劍劍柄也是二十公分，斷刃的長度約莫是六十公分，比剛才的細長古劍的斷刃相距不遠。

依劍刃的劍形來看，它斷裂的位置比較靠近劍尖，推測原先的劍刃長度，大概是九十公分。

值得一提的，卻是它的劍刃寬度，這寬度約等於雷博士的拇指和小指張開，換句話說，它的劍寬超過十五公分。

寬度夠寬，厚度也厚，這樣形狀的劍，怎麼看，都應該是一把百斤重劍，但是雷博士握在手中，卻絲毫感受不到它的重量，實在是太奇特了。

剛才『莫邪劍』是舉輕若重，這把『干將劍』卻完全相反，舉重若輕！這兩把劍若真的是『干將』與『莫斜』，既然出生在同一塊玄鐵中，那材質應該相同，重量密度也該相近，怎麼會有這樣天差地遠的相異？

小黃看到雷博士露出疑惑的表情，拿出筆記本說道：「雷博士，我秤過這劍了，它不足兩公斤，一點二五公斤。」

「啊？這麼輕？」雷教授微驚，這比菜市場買來的一條魚還要輕啊，難怪以蓮這樣嬌弱的手勁，也可以輕易的拿起它。

而且雷博士凝神注視這巨劍上的古文，果然，和剛才的細長古劍極為類似，同樣是古老而偏僻的筆法，這點可以證明，這兩把劍就算不是生於同爐，也是同一朝代，甚至是出於同一個劍匠之手。

# 004／雷與蓮

「小黃，你剛才不是說共有兩個謎團嗎？」雷博士問道。「斷劍之謎，的確是一個難解的謎團，那另外一個呢？」

「另外一個謎團，用說的很難說清楚，所以請您用雙眼來親自確定看看……」小黃苦笑說道。「這個謎團，跟雙劍的出土位置有關……」

「喔？出土的位置？」雷博士眉頭皺了皺，問道。

「是的！光用嘴巴很難說清楚，但是，真實的情況，相信您只要看一眼，就會馬上知道，這謎題是多麼……怪異！！」小黃嘴巴拉扁，苦笑搖頭，似乎還沒從這謎團的震驚中恢復過來。

「好，咱們先看看再說！」雷博士點頭道。

三人將雙劍安置完畢後，走出了大帳篷，外頭晨光明媚，原來已經天亮了。

走出了帳篷，露水朝陽，讓人身軀發暖，此刻，蓮忍不住問雷博士，「雷，有件事我覺得很好奇！」

「什麼事？」

「挖掘雙劍這樣重要的事情，為什麼要選在三更半夜呢？白天的時候，光線好，視線佳，挖掘起來不是比較容易嗎？」

「嗯，其實這是有原因的！因為最近盜取古物的竊賊太多了。」雷博士回答。

「啊？竊賊？」蓮張大雙眼，直看著雷博士，滿臉疑惑的問道。

「是啊，我這樣說好了，通常比較大的挖掘工程，我們考古團隊會聘用一些臨時的工人。但是這些工人來自各方各地，龍蛇混雜，水準不一，有的平常是土木工人，有的平時遊手好閒，更有的平常就以盜墳為副業，讓他們參與考古工程，難保他們不會見財起意，將古物放入自己的口袋中……」

「我還是不懂，這樣和晚上挖掘有什麼關係？」

「我們白天進行大型的工程，一遇到關鍵的地點，我們會遣散工人去休息。到了夜晚，再由我們幾個可以信任的人進行挖掘，這樣不但保護了古物的安全，挖出的古物也可以保密，蓮，這樣妳懂了嗎？」

「喔……原來是這樣……」

「是啊，所以說，考古真是一個沒日沒夜的行業。」雷博士笑著說。

三人上了工程車，小黃發動引擎，往雙劍挖掘地點前進。

此刻，旭日東升，清晨的寒氣未去，高原的早晨尤其溼冷，直讓人冷到骨子裡去。蓮剛上車，就猛然打了幾個噴嚏，臉色發白。

「蓮，妳還好吧？」雷博士轉過頭，關心的詢問。

「還好……我還好……」不知道是否寒氣未去的緣故，原本俏皮可愛的蓮，臉色竟然白得毫無血色。

「蓮，妳太勉強了。」雷博士見到蓮的樣子，咬住下唇，心疼無比。

「什麼我勉強？」蓮微微一笑，笑中帶著苦澀，「你才是勉強的人勒。」

「妳身體還沒好，我本來不想吵醒妳的。」雷博士伸出粗壯的手，用力摟住蓮，他只覺得蓮嬌弱的身軀變得好冷，冷得讓他發顫。

「好啦，笨牛，我問你喔，你覺得為什麼雙劍會斷在這裡呢？」蓮抬起頭看著雷，眼睛剛好迎向晨光，瞇成一條細細的眼縫。

看到蓮的這個模樣，原本美豔蒼白的臉龐在晨曦中變得無瑕純潔，雷博士竟然瞧得有點恍神，沒有回答蓮的問題。

「喂！雷！笨牛！」蓮用力搖了搖雷，「喂！醒了醒了，我問你雙劍為什麼會在這裡發現呢？」

「喔？雙劍啊？」雷博士從沉思中驚醒，「我們這一個挖掘計畫，原本是尋找太原古戰場的遺址，太原這地方，自古以來就是兵家必爭之地，戰爭不休，所以在這裡發現雙劍，其實是很正常的。」

「是嗎？」蓮歪著頭想了一下。「在戰場發現雙劍遺址，那不就是說，雙劍是在戰爭中斷掉的嗎？」

「嗯，這樣的推測很合理。干將莫邪在歷史上的行蹤向來詭異，屢次出現，最後卻有如流星般，神祕消失，最合理的解釋，就是它們在戰場上遺失了。所以沒有人找得回來。」

「是啊！是啊！」蓮露出甜蜜的笑容，「而且我想啊，這對雙劍如果真的有知覺，它們的感情一定很好！」

「喔？感情很好？怎麼說？」

「你看看這雙劍，從開始就從同一個爐子中誕生，最後還一起斷在戰場上，生時同爐，死時同穴，這樣不是很浪漫嗎？」

「啊……」雷博士露出笑容。「這樣說也是沒錯。」

「對啊！雙劍它們從春秋時期開始，就不斷輾轉流浪在其他人手上，最後能夠葬在一起，它們一定很高興吧！我有預感，它們背後一定有段非常淒美的故事！」蓮蒼白的臉因為興奮而潮紅，她抓住雷的大手，輕輕搖晃著。

「雷，答應我，你一定要把它們背後的故事找出來，答應我……好不好？」

「我不答應。」雷搖了搖頭。

「啊？」

「不是我找出來，而是『我們』找出來。」雷的雙眼流露著罕見的溫柔，粗大的手掌輕輕撫摸蓮的臉龐。

「我，我……」蓮低下頭，美麗的雙眼閃過一絲淚光，「我真的可以嗎？」

「可以。」雷用力的說，同時右手緊緊抓著蓮的手掌。「一定可以的。」

話雖然如此說，可是兩人想到他們必須面對的未來，都是一陣無法言喻的悲傷。

雷第一次遇到蓮，是在一個小型的古物拍賣會上。

因為那次古物拍賣會的古物，多半是由雷率領的考古團隊挖掘出來，所以雷以特別來賓的身分，參加了那次拍賣會。

古物是屬於高價的拍賣會，所以能參與拍賣會的來賓，都是在政商名流有頭有臉的大人物，那天，雷仍不改他一貫的風格，穿著米黃色的獵杉，穿梭在一群西裝和燕尾服之中，雷顯得格格不入。

而當時的蓮只有二十歲，正在北京大學修社會學，因為父親是國際有名的水利大亨，所以她穿著一襲高雅的水藍洋裝，有如小精靈般，出現在這個拍賣會上。

而她一見到雷，一聽說他就是這些古物的發現者，立刻纏著雷不放，她對這個長她十多歲，滿臉絡腮鬍的粗獷男子，顯得興趣盎然。

「你們是怎麼知道哪裡有古蹟的呢？」

「你們發現古物之後，都怎麼挖掘呢？」

「挖掘古物之後，你們都如何保存呢？」

「考古好玩嗎？會賺很多錢嗎？」

「考古會不會遇到一些可怕的鬼故事？」

這些問題從蓮的口中，如連珠砲般射來，讓雷啼笑皆非。

之後，蓮開始開始積極參與雷的考古實驗室，聰慧的她，敏銳的觀察力屢次讓雷驚豔，直誇她對考古有天分。

而且，就在此時，沉寂已久的中國考古界，正好掀起了一股狂潮。

那就是傳說中的王陵之首，「秦皇陵」被發現了。

秦皇陵佔地五千六百多公頃，其上有高山有湖泊，而且陵內關卡重重，陷阱無數，真假秦皇陵穿梭其間，不知道有多少考古學家或是盜墓者深陷其中而成為陪葬冤魂。

這座象徵著中國最頂端的權力和欲望的地底王國，在此刻揭開它的面目，驅使無數的考古學者，無數的盜墓者瘋狂參與這個龐大的計畫之中。

在中國考古界剛嶄露頭角的雷，當然也不會錯過這個機會，只是，他這次一改孤僻的風格，他帶著美麗的女孩蓮，還有他手下的考古團隊，參與了這個計畫。

秦皇陵，這是一個神祕而尊貴的地域。

當八千多個兵馬俑被人們發現，那種震撼，有如投石入水，激起了漣漪，震盪了中外考古界，許久，許久，許久。

後來，中國的秦皇陵甚至與埃及的金字塔，被公認為世界八大奇景。

站在秦皇陵的皇帝皇座上，可以看見底下八千多名兵馬俑全副武裝，枕戈待旦，只待秦始皇高聲一呼，千軍萬馬從此踏上征途，天下一統就在眼前。

百萬士卒，齊聲吶喊，震撼山林，從此踏上爭霸天下之路。

也就在這個皇座上，雷跟蓮求婚了。

# 005／劍塚

「教授，教授，到了……」小黃停下了車，轉過頭，輕輕對雷博士喊道。

「啊？到了嗎？」雷博士從睡眠中醒來，卻發現懷中的蓮已經失去蹤影，他心頭一驚，急問道：

「蓮，蓮呢？」

「我在這呢！」只見蓮早就已經理好衣衫，跳下了車，站在黃沙中對雷博士微笑。

「笨牛，愛睡覺的笨牛，啦啦啦。」

雷博士看見蓮還在他身旁，他心中釋然許多，摸摸下巴的鬍子，不好意思的笑了起來。

剛才，恍惚間，雷教授好像做了一個夢，一個好似遙遠卻又非常真實的夢，夢見秦皇陵上，他單腳跪地跟蓮求婚，而蓮秀麗的小臉漲得通紅，眼角和眉梢溢滿笑意。

然後，他就被喚醒了。

不知怎麼，這個夢，讓雷博士感到心頭空蕩蕩的，太過幸福的記憶，反而讓他害怕即將面對的未來。

小黃帶了幾樣簡單的工具，也跟著下車，伸出手指著前方，「雷博士，發現雙劍的地點就在前面。」

雷博士牽起蓮的手，點了點頭，往前走去，越過一個黃土堆，前方赫然出現一個圍著黃色警告布條的大坑。

從雷博士這樣遠的距離望去，第一時間，就感受到這個坑洞相當龐大，就好像是某個巨型隕石撞上地球，在地球表面刨出一個又大又深的大洞。

大坑周圍架了幾個簡單的帳篷，停了七、八台滿是泥塵的工程車，還有各式工具如圓鍬和洛陽鏟等……堆在一起。人類在面對太過巨大的物體時，會失去判斷大小的能力，但是光看這些大型的帳篷和車輛圍著大坑放置，卻連大坑外圈十分之一的長度都不到，就可知道，這坑洞究竟大得有多麼嚇人！

「這不是『羊十號』的挖掘坑嗎？」博士表情有些吃驚，「什麼時候挖得這樣大了？」

「這原本是『羊十號』的坑沒錯，要挖的東西也不是劍，而是元朝的古物，後來，有人意外挖出了幾把斷掉的古劍，總工程師萊恩看到這古物的年代似乎比元朝還要久遠，一時興起，命工人繼續下挖，沒想到一挖下去，不得了……」小黃答道。

「什麼不得了？」雷博士問道，此時三人不斷往前，逐漸逼近大坑外圍的黃色警戒條。

「不得了啊！這底下竟然是空心的！才挖到一半，就發現黃土開始慢慢陷落，幸好萊恩見機得快，一發覺不對，就命令工人們趕快撤退，大夥拋下工具，跳上工程車，車子往外圍狂衝，後來黃土陷落得越來越快，大夥衝得越急，只要慢上一點，連人帶車都可能摔入洞中，真的好險好險……」小黃拍了拍自己的胸脯，餘悸猶存的說。

「喔！真的好可怕……」蓮吐了吐舌頭，她可以想像當時生死一線的危急。

「嗯，萊恩老弟的反應算是快的，只是也太粗心，發現不明的古物，應該確實探測一番再下判斷，怎麼可以貿然命令下挖？嗯……算了！那『羊十號』底下是空的？有什麼東西呢？」雷博士皺眉說道。

「什麼東西？博士，這您一定要親眼看看！這不是我小黃的舌頭說得清楚的，您得用眼睛親眼瞧瞧才是！」小黃說道。

「好！」雷博士點了點頭。

「雷，你剛剛說的『羊十』是什麼意思呢？」蓮拉著雷的衣袖，問道。

「這是這次挖掘場的代號，為了讓我們彼此方便溝通，也避免被人識破我們的挖掘地點，這次的挖掘場主要分為十二個區域，所以按照十二生肖下去編號，這次就是隸屬『羊』區的第十號坑洞。」

「原來是這樣……」蓮點了點頭，心中卻閃過一絲憂慮，就以前她所知的雷博士考古團隊不是這樣的啊？就算會使用代號，也不會如此小心翼翼，難道最近真的有不法集團在窺視他們考古集團嗎？那雷的處境是不是有危險呢？

「到了，博士。」小黃拉起黃色的警戒線，讓雷博士兩人矮身鑽過。「就是這裡了！」

「啊……」雷博士往大坑的下方看去，在考古界十多年的歲月，經歷過無數風浪的他，也被眼前的景物給整個震懾住了！

而蓮跟著雷博士往坑洞下方一瞧，她沒有雷博士的鎮定，雙手還來不及摀住嘴巴，就忘情的尖叫起來。

「啊！！！！！」蓮驚呼，「這是什麼啊？我的天啊！！」

埋在大坑底下的，是無數的劍。

數量多到算都算不清的劍，有長的有短的，有寬的有窄的，一把接著一把插在大坑的土壁之上，而且這個大坑不僅寬大，還深不見底，坑洞的深處宛如黑洞的底部，黑暗無光。

而無數的古劍，就這樣遍佈在大坑的壁上，往底部不斷螺旋蔓延，直達深不可測的大坑底端。

這時，清晨的陽光灑落，照入大坑內，陽光一觸坑內的古劍，登時反激回來，無數的古劍反射無數的劍光，劍光交錯聚合，竟有如一股浩瀚無匹的巨大劍氣，從洞穴中直衝而上。

啊！見到如此嚇人的劍氣，蓮頓時頭暈目眩，正要尖叫之際，突然她覺得右手掌心一陣溫暖，頓時讓她平靜下來。

往右瞧去，雷博士溫和而擔憂的眼神正緊緊盯著她。

「蓮，妳還好嗎？要不要去旁邊休息一下？」

「不要！」蓮只覺得右手掌心被雷握得好溫暖，好厚實，嘿嘿，她才不要放開。

雷博士點了點頭，轉頭繼續觀察這個大坑，心中的疑惑卻越來越盛。

「這是……劍塚啊！」雷博士眉頭緊皺，喃喃自語，「可是，怎麼會有這麼大的劍塚？這麼大？究竟是要做什麼用的？」

「雷博士，果然沒錯，您也說是劍塚吧！」小黃在一旁插上了嘴，「可是我們都想不透竟然有這樣巨大的劍塚，乖乖不得了，這底下劍的數目，恐怕有上萬支！」

「咦？」蓮注視著坑底上萬把古劍，突然咦了一聲，「雷，你看！這些劍好像都是斷的？」

「對！博士夫人，您觀察力果然敏銳！」小黃有點訝異的的看著蓮，說道，「我們後來也發現，裡頭都是斷劍，更是增添了我們好奇心！夫人您的觀察力好敏銳！」

「哪裡哪裡……」蓮對小黃燦爛一笑，「小黃你過獎了，別老是叫我夫人夫人啦，這樣叫起來好老欸！其實我年紀比你還小，叫我蓮，或是小蓮就好了！」

「嗯……嗯……」小黃平素在考古界打滾，哪裡見過這樣美麗的笑容，竟然有點魂不守舍，「好，那我叫妳一聲小……小蓮好了……」

「對嘛，雷可是非常欣賞你喔！」蓮見到小黃害羞的模樣，不由得微笑起來，「我們以後一定可以當好朋友的。」

「嗯……好……雷博士是我最尊敬的人……我們一定可以當好朋友……」小黃搔了搔後腦勺，笑著說。

這時候，一直專注於大坑的雷博士出聲了。

「小黃，沒錯，這裡都是斷劍！你說雙劍在這裡被發現，你們是怎麼找到它們的？」

「雙劍？」小黃好像被嚇醒一樣，「啊！對！雙劍！」

「是啊，當然是雙劍。」雷博士抬起頭，瞄了小黃一眼。「你在幹嘛？怎麼一副失魂落魄的模樣？昨晚沒睡很累吧！等會回去我開車，你好好休息一下吧。」

「謝謝博士……您說的雙劍，是在坑底最深處發現的。」

「喔？」雷博士兩道劍眉一挑，「你們下去過底部了？這坑深不見底，牆壁又插滿了銳利的劍刃，可以說是步步驚魂，誰有這麼大的膽識，敢爬下坑洞？」

「還會有誰呢？博士。」小黃微微一笑。

「我就知道，肯定是那個瘋子。」雷博士邊聽邊搖頭，「我考古這麼久，遇到的不是瘋子就是傻子，不過還比不上這傢伙，夠瘋。」

「你們說的是誰呢？」蓮露出疑惑的神情，問道。「誰是瘋子？」

「還會有誰？就是那個貿然下令開挖洞穴，老是不顧一切的工程師萊恩啊！」雷博士想到這裡，又好笑又好氣。

「這傢伙的膽子也真的夠大，說是魯莽嘛，偏偏運氣卻夠好，老是化險為夷，老是能夠帶回驚人的發現，真是一個奇怪的傢伙。」

「原來是他啊……」蓮想起剛才雷博士在介紹那科技帳篷的時候，曾經提起一個人名，這人也是有資格進入實驗室的三人之一。

「小黃，那我問你，萊恩下了洞穴，他有提起洞底的模樣嗎？例如雙劍是被放在什麼地方？被什麼東西鎖住嗎？還是什麼其他的線索……」雷博士追問道。

「洞底的模樣啊？」小黃歪著頭想了想，說道，「我記得，當時也像現在一樣，天才剛亮。我們用繩子把萊恩慢慢釣入洞穴中，萊恩穿著一層又一層的保護衣，仍免不了被牆壁上的古劍勾破。

「只聽到他不斷哇哇亂叫，叫著什麼『我的衣服！媽咪啊！』『臭劍！笨劍！敢鉤老子的衣服！』這樣亂罵一通。」小黃又繼續說道，「然後我們聽到萊恩越下越深，謾罵的聲音越來越小，到後來幾乎是聽不到了。大概二十幾分鐘之後，繩子停止輸送，沒有再往下拉伸，我推測他應該是到了洞底。」

「二十幾分鐘？」雷博士沉吟了一會，問道，「你們有計算繩子的長度嗎？」

「有，粗量是兩百五十公尺……」

「兩百五十公尺？這麼深！」雷博士倒吸了一口氣，換算成高樓大廈的高度，每一層樓約莫三點多公尺，兩百五十公尺是將近七十層樓的樓高！

「是的，就是這樣深！接下來我們只是乾等，等萊恩按下繩子上的通知開關，我們就把他吊上來。可是等啊等，竟然等過了中午……這時候工人們百般無聊，開始賭了起來……」

「賭？」雷博士一呆。

「賭萊恩能不能平安回來？賭他什麼時候回來？賭他回來會帶什麼東西？您也知道，這群工人什麼都可以賭，尤其萊恩平常就是這樣瘋瘋癲癲，大家對他都充滿好奇……賭局一開，幾乎所有人都下注了！」

「嗯……」雷博士點了點頭。

「有人賭萊恩馬上就回來，也有人賭他得過黃昏才會回來，有人甚至賭了第二天天明，甚至還有人缺德的賭他掉入洞穴，爬不上來了……不過，最後卻沒有一個人贏。」

「沒有人贏？」雷博士眉頭一皺，問道。

「萊恩，一直到了第三天早上才拉繩子，換句話說，他在洞底待了整整兩天兩夜。」

「兩天兩夜？」雷博士和蓮同時驚呼，一個人不吃不喝在洞底待上兩天兩夜，會是什麼原因？

「是啊，萊恩被我們拉上來的時候，背上就扛著一個大包袱，這大包袱裡頭，就是那雙古劍。」

「啊，雙劍是這樣帶上來的？」蓮問道，她感覺她手掌中雷的右手，竟有些溼熱，蓮知道當雷心情激動的時候，手心會潮熱冒汗，顯然萊恩的奇怪舉動讓雷相當困惑。

「被拉上來，萊恩顯得精疲力竭，不過他的腳一踏上實地，卻不是喊累喊餓，第一句話是對工人們說：『喂！你們剛才有下注吧！是不是賭老子昨天就會回來？或是賭老子根本不會回來？對吧？所以你們全輸了，來來來，賭金全都歸我！』」

「哈哈，這萊恩真是一個奇特的人！」蓮忍不住笑了出來，一轉頭卻發現雷表情嚴肅，似乎在思索什麼。

小黃又繼續說道：「工人們一聽，轟然笑罵，都說萊恩這傢伙真是死要錢，故意待在洞底，肯定是要賺這筆賭金，不過大家都很佩服他，可以在又深又濁的洞穴待上兩天兩夜，所以還是甘心把賭金給了他。」

「小黃，那你有問他嗎？關於洞底的模樣？」雷博士露出深思的表情，問道。

「我問了，但是他只說，洞底黑漆漆一片，什麼鬼都沒有，後來發現了這兩把劍看起來值錢一點，就脫下衣服包一包，給帶了上來。」

「嗯，萊恩只這樣說？」

「是啊，因為他忙著跟工人瞎鬧，又要補充食物和睡眠。所以我也沒追問下去，第二天他就趕著去北京開會，匆匆離開。之後的部分您就知道了，我鑑定了這兩把劍之後，發現這劍可能是傳說中的『干將』和『莫邪』……就急著打電話給您……」

「小黃，你覺得萊恩這人會貪圖那賭金，而故意待在洞底兩天嗎？」雷博士眉頭緊鎖，問道。

「啊……我沒想過這問題，萊恩這人本來做事就是顛三倒四，出人意表，也不是不可能……」小黃沉思了一會，回答道。

「嗯……我倒覺得這洞底肯定有玄機，萊恩他必定在底下遇到了什麼，或者看到了什麼，才讓他拖了整整兩天才上來……算了！這件事先別管，等萊恩回來我再問他。」雷博士微微一笑，說道。

「蓮，嗯……現在剛過二月，氣候還有些陰寒，我照幾張相，然後就先回去。」雷博士轉頭對蓮一笑，溫柔的說，「妳還冷嗎？」

「不，不冷了。」蓮露出笑容，雖然臉上的血色仍嫌不足，比起剛才的蒼白如霜，已經紅潤許多。

蓮一轉頭，發現小黃正用擔心關懷的眼神瞧著自己，她立刻展顏一笑，回報他的關心。

「真的好多啦，你們別擔心我……」蓮嘟起嘴巴，「好像我是一隻大病貓似的！」

# 006／干將莫邪的誕生

經過一天的奔波勞累，蓮原本就虛弱的身體顯得有些不支，於是雷博士開車將蓮載回旅館。

這旅館是雷博士為了蓮特別租下的，原本熱衷考古的雷博士，以往都會身先士卒，駐守在挖掘場的帳篷內，但是這幾年來蓮的身體逐漸轉壞，原本就與雷博士形影不離的蓮，變得更加依戀雷博士。

雷博士一方面要兼顧挖掘場的工程，一方面不忍蓮陪著他餐風宿露，於是他在郊外租了間旅館套房，讓蓮可以在那裡休息，雷博士自己則是挖掘場和旅館兩頭跑。

回到了旅館，已經是黃昏時刻，盥洗過後的蓮換上了舒適的睡衣，有如芙蓉出水，美豔不可方物，雷則是半躺半坐的，在床上整理他筆記型電腦中的考古資料。

蓮嘻嘻一笑，爬到了雷的旁邊，像隻小貓似的黏在雷寬大的背上。

雷微微一笑，手臂往後伸，溫柔撫摸著蓮的頭，感覺那如絲綢般的長髮。

此時此刻，兩人都沒有說話，只是靜靜享受著這份甜蜜而靜謐的時光。

半晌之後，蓮開口了，「雷，今天下午那個大坑好嚇人，裡頭都是一支支斷劍，你說那是叫什麼？劍塚嗎？到底什麼是劍塚呢？」

「劍塚啊……」聽到蓮的問題，雷停下了在鍵盤上舞動的手指，沉思了一會，說道，「劍塚是古老中國一種獨特的習俗，就是將多支斷劍埋在一個洞穴中。通常有兩種目的，一種是在戰爭結束後，將死者的劍埋下，以哀悼因為戰爭犧牲的戰士。死者的劍不再收回重鑄，也有祈福的意味，期望戰爭從此結束，不要再有人因為戰爭而哭泣。」

「那第二種呢？」蓮問道。

「第二種說法來源比較玄奇，古代中國人深信萬物有靈，劍是一種為了戰鬥而生的產物，本身擁有辟邪正道的強大力量，埋下劍塚，是為了鎮壓某地或某物的凶靈。」

「啊，第二種劍塚聽起來好像是『劍陣』。」蓮靈光一閃，說道。

「對，第二種的劍塚聽起來像是劍陣，如果是第一種解釋，劍塚附近，照理說應該要有一些戰士骸骨。但是這麼巨大的劍塚，而且還全部都是斷劍，實在說不過去。所以是第二種解釋的可能性較大……」

「鎮壓？哇！！難道那洞底藏有什麼凶靈？或是怪獸嗎？」聽到此處，蓮不由得又驚又怕起來，雙手緊緊抓著雷的衣袖。

「這倒是不至於，中國古老的傳說，多半是以訛傳訛，誇大不實的，我參與考古事業十多年，雖然聽過很多光怪陸離的傳說，但是真正遇到的，卻一個也沒有……」雷鼻子輕輕哼了一聲，顯然是對那些考古的恐怖傳說嗤之以鼻。

「如果不是這樣，那為什麼要設置這樣巨大的劍塚呢？」蓮不解的問。

「我猜想，劍塚的目的，也許就是要阻止有人誤闖到洞底，洞底恐怕藏有一些價值不菲的寶藏，或者其實這是某個富翁的墓穴，因為怕死後遭人盜墓，故意設下這樣的玄陣，一方面阻礙入侵者，一方面又可以藉由迷信的力量，讓人望之卻步。」雷博士分析道。

「嗯……」蓮點了點頭，可是旋即又問道：「但是這個劍塚好大，少說上萬把劍，加上洞穴如此深，這富翁花的心血可真不少……」

「嗯……沒錯，這也是我唯一覺得不合理的地方，這劍塚的斷劍實在太多，多到不合理！如果說是一場大戰後死者留下的劍，那倒是說得過去……但是中國歷史上，死傷超過數萬人的戰役，其實並不多……這部分應該是有跡可尋的。」

「雷，那這段時間，我知道我要做什麼了，我來幫你查資料吧！」蓮捋起袖口，笑嘻嘻的說。

「我幫你查戰爭和雙劍的資料，好不好？」

「好啊，只是妳千萬別太勉強自己，查資料這件事，妳慢慢來就好了。」雷溫柔一笑，

「對了，蓮，妳知道『干將』與『莫邪』這對雙劍的傳說嗎？」

「知道啊，每個喜愛中國歷史的人，都一定聽過這個故事嘛。」蓮笑著說，「難道雷博士要出考題了嗎？」

「是啊，那就考考妳。」雷用手指點了點蓮小巧玲瓏的鼻子，笑著說，「妳說說看，雙劍是怎麼樣誕生的？」

「雙劍啊，是春秋時代吳國的一對很有名的鑄劍夫妻，他們的名字和雙劍同名，就是干將和莫邪。有天吳國國君不知道打哪弄來了一塊玄鐵，這塊玄鐵材質特殊，其他的煉劍師都沒辦法煉化這塊玄鐵，於是找上了當時最有名的干將，要求干將煉出天下第一神劍。」蓮說道。

「嗯，對對，然後呢？」雷興致盎然的看著蓮。「我的小蓮懂得真多啊。」

「然後啊，干將看出這塊玄鐵的價值連城，將來必可煉出天下第一神劍，更看出了吳王的狼子野心，如果真讓干將煉出這樣一把神劍，吳王必定會殺了干將滅口，以確保將來不會有人煉出更好的劍。」

「對，然後呢？」

「於是干將以煉劍為藉口，訂下十年約期，隱居山林，專心煉劍，並且偷偷將這塊玄鐵分成兩塊，一塊玄鐵鑄成了大劍，一塊玄鐵鑄成小劍，大劍以干將為名，就是『干將』劍，小劍以他妻子為名，名為『莫邪』劍。兩劍誕生於同一劍爐，世稱夫妻雙劍。」

「嗯嗯……」

「十年之約轉眼即至，干將要攜『干將劍』去謁見吳王，他知道此行難逃一死，於是留下一把『莫邪劍』，還有剛剛出世，在妻子襁褓中的兒子，干將還對妻子說，如果他一去不回，就讓孩子攜著『莫邪劍』來替他報仇。」

「對。蓮妳真的很有說故事的天分。」雷閉上了眼睛，享受著蓮悅耳動聽的聲音。

「後來，干將果然一去不返，他的兒子逐漸長大，從母親口中知道了這件事，下定決心要替父親報仇雪恨，但是他感到自己勢單力孤，無法跟如日中天的吳王對抗，於是每日徘徊山林，悲傷萬分，就在此時，一個神祕的男子出現，他願意替干將復仇，代價卻是要兩個干將兒子最重要的東西……」

「嗯，這部分開始，雙劍就進入比較民間傳說的部分，變得較不合理了。」雷補充說道。

「對！因為這名男子，他拿了兩樣重要的東西，一樣當然是與『干將劍』齊名的『莫邪劍』，另一樣，竟然是兒子的頭顱。兒子初時震驚萬分，如果對方爽約，或是吳王派來的刺客，他這把劍和這條命不是白白送給了吳王嗎？」

「嗯……」

「可是兒子知道如此下去，此生肯定無法幫父親報仇，於是他決定孤注一擲，將他的

『莫邪劍』和自己的頭顱，都交給了這個來歷不明的陌生人……而這個陌生人也沒有爽約，就帶著頭顱和『莫邪劍』孤身求見吳王。」

「嗯……」

「而那個吳王殺了干將之後，也不知道是不是有愧於心，十幾年來惡夢連連，老是夢見干將的兒子帶著『莫邪劍』回來為父復仇，嚇得他每次都滿身冷汗驚醒。如今，干將兒子已死，連『莫邪劍』也一起落到他手中，吳王終於放下了心頭的大石。興奮之下，當然好好的賞賜了這個陌生的男子。」

「……」

「不過當吳王拿起干將之子的首級，卻發現那首級怒目圓睜，咬牙切齒，殺氣騰騰的直瞪著吳王，一副死不瞑目的模樣。吳王看得心驚膽跳，趕忙問那位陌生男子，要如何才能化解干將之子的怨恨。而陌生男子說出了一個相當奇特的方式，就是將干將之子的頭顱丟到滾水煮上三天三夜，怨念自然就會消去……」

「……」

「吳王恐懼之餘，當然悉數照辦，只是沒想到干將之子的怨念如此強烈，連沸水連滾三天，都化解不了，不但沒有變成白骨，臉上的表情還越來越栩栩如生，陌生男子這時又對吳王提出了一個建議，『這首級想必是沒見過吳王您的王威，才會如此囂張，只要您站到鍋邊，用雙目直瞪著那首級，那首級自然會害怕萎縮，怨念自然就會消失了！』

「吳王一聽，覺得很有道理，就信步走到鍋邊，用力吸了一口氣，正要睜大雙眼，用他眼中的王威震懾這首級之時，突然覺得後頸一涼，自己的頭顱竟然被陌生男子以『莫邪劍』斬斷，撲通一聲，墜入了滾水鍋中。

「然後，那個已經在滾水中浮沉三日的首級，就像食人魚般，一口咬上了吳王的眼睛，連眼帶皮整個咬下。奇的是，吳王的首級竟然也沒有死，他發出一聲怒吼，伺機反擊，只見滾滾熱水中，兩個頭顱忽上忽下，互相咬噬，雙方的眼睛、耳朵、鼻子都被扯下，滾水染成了鮮紅色，發出濃厚的血腥氣味。就在此刻，手持『莫邪劍』的陌生男子，卻發現吳王首級漸漸佔了上風，干將之子節節敗退。眼看就要沉入鍋底……

「陌生男子雙目注視著熱鍋，一聲長嘆，右手『莫邪劍』一揮，竟然也砍下了自己的頭顱，咕咚一聲，他的頭顱也加入這場水中混戰。

「陌生男子的加入，頓時扭轉了戰局，吳王以一打二，終於不敵，五官盡毀，滿臉傷痕，最後沉入了水中，再也沒有浮起了。而水面上兩名男子相視大笑，然後同時沉入水底。

「後來吳王的部下將熱鍋倒出，只發現三個被熱水煮乾的顱骨，無法分辨誰是吳王？誰是干將之子？誰又是那名陌生男子？於是只好將三人葬在一處，也就是後人所稱的『三王墓』。

「雷，我說得對不對啊？咦？雷？」

蓮總算說完了這個故事，卻發現身旁的雷早就經不住一整天的奔波，雙目闔上，鼾聲大作了。

「唉，睡了啊……」蓮皺了皺鼻子，做出一個無可奈何的表情，「男人啊……」

「算了。」蓮看著雷熟睡的臉龐，像個孩子似的在睡夢中微笑，旋即又皺起眉頭，不知道做了一個什麼樣的夢？

蓮突然笑了，在雷的臉頰上輕輕的吻了一下，「我愛你，笨牛，你這個大笨牛。」

# 007／夢

今晚，雷又夢見了過去的事情。

夢中，秦皇陵的皇座上，蓮的嘴角含笑，答應了雷的求婚，戴上了雷的求婚戒指。

不過，雷和蓮的婚事，第一個遇到的阻礙，卻是來自蓮的父親。

蓮的父親是享譽國際的水利大亨，他的事業遍及全球，全世界知名的水壩工程都可以見到他的足跡，從偏僻的非洲叢林到繁華的歐洲都市，都有她父親公司的註冊商標。

當這位水利大亨得知他心愛的小女兒，要嫁給一個以考古為生，四海為家的男子之時，他的第一個反應，就是拍桌子強烈反對。

他並不是瞧不起雷的家世，更不是看不起雷的貧窮，他只是心疼自己的掌上明珠，要嫁給一個考古學家，從此以後要過著餐風宿露，日曬雨淋的苦日子。

而且，他也知道，蓮的身體從小就不好，他不知道花去多少心血，才將蓮小心翼翼的拉拔長大，想到蓮未來要吃苦，身為老父的他更是於心不忍。

可是，不只遺傳了母親美麗的外表，還遺傳了父親的固執性格，蓮不顧一切，就是要跟雷長相廝守。

幾經風波，蓮的父親終於認可了這個婚姻，婚禮當天，身穿紅色禮服，化著豔麗彩妝的蓮，跪著對父親磕了三個頭，每磕一個頭，地上就留下一片水漬，抬起頭時，蓮的淚水，爬滿了畫滿彩妝的臉龐。

蓮知道父親疼她，知道父親捨不得她，所以她比誰都明白，她這一出嫁會讓老父多麼擔心，蓮更可以感覺到，父親成全她這個任性之舉時，背後所隱藏的心疼和愛憐。

蓮想起了，在自己生命中，每一個重要的日子裡頭，父親就算再忙碌，也從來沒有缺過席。從小學的畢業典禮上蓮代表全校領獎，到她第一次參加舞蹈大賽，第一次鋼琴比賽，北京大學畢業……所有對蓮意義非凡的日子，在台下，都可以見到父親的身影。

那個永遠高大，厚實的父親肩膀，就像一株大樹，永遠守護著蓮。

只是，蓮選擇了另一個強壯的肩膀，那就是雷。

蓮的家中還有三個哥哥，但是年紀都比蓮大很多，在蓮年紀還很小的時候，哥哥們就已經外出奮鬥自己的事業，並且在各個領域中嶄露頭角，而且，這三位哥哥也像是另一個父親一樣，非常的疼愛蓮這個遲來的小公主。

三個哥哥雖然常常取笑父親，說他實在太偏心了，將所有的愛都灌注到蓮的身上。但是，每個人心裡其實都知道，在父親的眼中，蓮其實就是他們母親的縮影。

蓮從來沒有看過她的母親。

因為就在蓮出生的那個晚上，原本就有癌症的母親加上產後的心力交瘁，只抱了蓮短短幾分鐘，就被推入加護病房，從此，就再也沒有醒過來了。

蓮的父親將他這些年因為事業忙碌，而冷落妻子的遺憾，轉化成對小女兒的憐惜，一股腦注入了蓮的生命中。

只是，蓮家族的悲劇並沒有因此結束，就在蓮和雷結婚三年之後。一日蓮在自家廚房突然昏倒，在緊急送醫後，醫生對雷和蓮兩人宣佈……

蓮得了血癌。

蓮不但遺傳了母親姣好的容貌，活潑溫柔的個性，竟然也遺傳了最不該遺傳的癌症。

從此，雷更加疼惜蓮，原本日日夜夜都投注在考古的雷，放下了大部分的考古工作，只為了陪在蓮的身邊，陪伴蓮僅剩的時光。

雷看著蓮的身體日益衰弱，彷彿一個倒數計時的馬表，時間一到，死神就會來帶走蓮的生命，雷的心中悲痛無以復加。

而蓮從來沒有怨懟，她總是微笑著，總是又調皮又樂觀。將僅存的一絲光明帶給了雷，雷對蓮的感覺，除了愛，還有無比的感激。

他們相約，就算時間只剩下幾年，他們仍要堅定的牽著手走過。

永不分離。

永不……

雷醒來的時候，眼淚已經流滿了臉頰。

他眨了眨痠澀的眼睛，看了看放在床頭上的時鐘，時間是凌晨四點五十五分，天未破曉，身旁的蓮依舊沉睡著，像隻小貓縮著身體，靠在雷的肩上。

雷呼了一口氣，小心翼翼的起身，深怕驚醒了熟睡的蓮。

他想找菸，卻沒找著，才想起這些年因為蓮的身體不好，他早已戒菸，只是這個被悲傷填滿的夜晚，卻禁不住思念起菸草的氣味。

雷站到房間的窗戶旁，夜空之中，懸掛著有如金鉤的弦月，雲很淡，涼涼的夜風從窗外徐徐吹來，雷又想起了雙劍的故事。

也許，找出雙劍的故事，已經是蓮最後一個願望，無論如何，他都要替蓮完成這個願望，「干將」和「莫邪」這兩把雙劍之中，到底藏著什麼樣的祕密呢？

雷轉身離開窗邊，到書桌上拿起了他的筆記本，他決定要整理一下這兩把古劍的謎題。

潔白的筆記紙上，雷工整有力的藍色字跡，躍然紙上。

問題：

一、雙劍是否真為干將、莫邪？

可藉由古物的年代鑑定，和劍上的古文年代來判定。

二、劍上的古文何解？

目前可以推測是秦代以前的文字，筆法類似春秋的流水文體，但是又似是而非，這要到國立史資館查證，或是請問相關的文字專家。

三、雙劍的材質為何？

這恐怕是一個最難解的謎題，這密度已經超過了人類對金屬的認知……雙劍真的是「金屬」嗎？如果不是金屬，是不是就有合理的解釋了呢？

要安排雙劍做系列的材料測試，包括SEM（掃描式電子顯微鏡），TEM（穿透式電子顯微鏡），磁力測試，電阻測試，硬度測試……等。

四、「羊十號」挖掘坑的劍塚祕密？

這劍塚真是為了要封印惡靈？還是某人的墓穴？或者真的是大戰之後為了祈福所設下的劍塚？

調查太原附近是否發生過大規模的戰役，死傷人數要超過一萬人（那可能是十萬人以上的戰役了）。

五、「羊十號」挖掘坑的地底祕密？

萊恩在下面待了兩天兩夜，是真的為了賭局？還是底下有什麼奇特的景象？

雙劍又是怎麼被安置在洞底的？

這問題等到萊恩開完會議之後，再詢問他，相信可以獲得解決。

雷一口氣寫出這五個疑點，他呼了一口氣，又重複看了幾次，他隱隱覺得，這五個疑點其實環環相扣，就像是連鎖的鐵鍊一樣，只要解開其中一個，後面的謎題就會跟著解開，只是，究竟要從哪一個先下手呢？

雷咬著筆桿，沉吟著。

不知不覺中，窗外天空已經慢慢的亮了起來。

# 008／隕鐵

這裡是挖掘場的科技帳篷內，距離發現雙劍的日子，已經過了整整一個禮拜，這七天以來，雷博士一邊埋首調查雙劍的資料，一邊實地勘查「羊十號」挖掘場的情況。

而蓮則因為身體欠佳，不能隨雷博士長期駐守在挖掘場，所以多數時間都留在圖書館和歷史館查資料。

雷博士越是調查，越覺得雙劍謎團重重，包括雙劍的冶煉方法，歷史上的傳說就有四、五種。有些記載是這樣寫的：春秋冶劍大師干將，在冶煉這塊玄鐵的時候，花去三年的熔鑄，都化不了這塊玄鐵。

最後靠著干將的妻子，莫邪剪下她的一襲長髮、指甲，終於讓頑鐵點頭，順利化成液狀。

但是，稗官野史的記載中，卻不是如此單純，有的說法是莫邪發現玄鐵百煉不化，於是整個人跳入爐中，因此感化玄鐵，終於順利煉成了雙劍。

更有一種說法，是干將和莫邪一起躍入爐中，才化去這塊玄鐵。

而且關於玄鐵的來歷，也有不同的記載，有一個說法是，這是吳王的一位愛妃，有日見到天邊一顆青色的流星劃過天際，當晚就懷孕了。

這一胎懷了整整三年，卻遲遲不能生產，吳王於是決定讓御醫剖腹生產，本以為裡頭是一隻妖怪，沒想到一剖之後，肚子裡頭，卻是一塊堅硬無比的玄鐵。

干將莫邪的故事，充滿著地方性以訛傳訛的誇大性，很多地方都十分不合常理，包括故事的後半段，干將的兒子赤為了復仇，被『莫邪劍』斬下頭顱之後，頭顱竟然可以不死？

『莫邪劍』連斬了三個人，包括赤、吳王，還有那個來歷不明的陌生男子，三人的頭顱雖然都斷了，卻都活著？

而且，那個神祕男子又是誰？

這男子出現的詭異，也讓雷大惑不解，一個來歷不明的男子，卻願意替赤復仇，而且這男子顯然對『莫邪劍』相當熟悉。

原本，雙劍傳說就像是一個普通的中國神話，就算充滿了離奇神怪，也不過是一個神話而已……

如今，如果他們證明了這兩把出土的寶劍，不是普通的雙劍，就是史冊上赫赫有名的夫妻雙劍，『干將』和『莫邪』！那是不是間接證明了，這個離奇的春秋神話，其實是真的？

想到這裡，雷的心中，就不禁有些發毛。

「雷博士，您叫我安排的幾個測試結果出來了！」小黃高昂的聲音，在雷博士耳邊響起，讓原本陷入沉思的他猛然驚醒。

「結果出來了，怎麼樣？」雷博士轉過頭，看見小黃手上拎著一大疊的資料。

「結果……很難說明，有一個好消息一個壞消息，博士您要先聽哪一個？」小黃笑道。

「哈，好消息壞消息？小黃，好啊！你也來跟我玩這套。好吧……先聽好消息吧。」雷博士微微一笑，說道。

「好消息就是，根據放射性年代測定的結果顯示，這兩把劍的確是距今兩千年的古劍，換句話說，這兩把劍確實是春秋和戰國時代的名劍。」

「好！」雷博士用力拍了大腿一下，「只差一步，就可以證明這是『干將』『莫邪』了！那壞消息呢？」

「壞消息是……」小黃把那厚厚一疊的資料，放到雷博士的面前，沉重的資料落在桌上，發出砰然一聲巨響。「這兩把劍含有一種很奇特的物質，沒有人知道那是什麼東西……」

「啊？」雷博士一呆，「什麼意思？」

「就是所有的儀器都讀不出這金屬的資料。」小黃苦笑，「博士您看，這些資料，包括磁性測試、電阻測試，甚至是SEM、TEM的結果都大同小異，都是……」

雷博士眉頭皺起，拿起那疊資料上的第一張紙，紙上是這樣寫的：

實驗物名：干將

SEM（掃描式電子顯微鏡）檢測結果：

含銅量：四十八％

含鎂量：〇點五％

含碳量：一點五％

未知物：五十％

未知物原子量？原子排列方式？

「查無此物，電腦無相符的元素資料」

雷博士微微一驚，這句「查無此物，電腦無相符的元素資料」就是說，在SEM的電腦中，找不到和這個未知物符合的元素。可是，這台SEM的電腦中，分明就儲存了地球上所有的元素表啊！

見鬼了！難道這個未知物地球上並不存在嗎？

雷博士又翻開了下一頁，這頁是TEM的測量結果，寫法也是雷同，「查無資料」！

下一頁也是，下下一頁也是，每一頁都標示著這個「未知物」的存在，卻都無法解析它的特性。

這兩把雙劍誕生於春秋戰國，照理說，那是一個銅劍和鐵劍並存的年代。如果資料上顯示劍的材料為銅或鐵，都不讓人吃驚，偏偏這兩把劍中所含的未知物，已經超越了目前科學知識的範疇。

這是什麼？外星球來的鬼東西嗎？

雷博士皺起眉頭，他突然想到了一件事，因為古老的中國神話裡頭，有這麼一段話：

「吳王的王妃晚上看見一顆青色的流星，那天晚上就突然懷孕，懷胎三年，卻產了一塊玄鐵，這塊玄鐵就是後來干將莫邪的材料。」

「見鬼了……」雷博士倏然起身，雙手負在背後，來回踱步，嘴裡喃喃唸道。「難道雙劍真的不是地球的產物？不……不可能，每件事情都會有它的解釋……」

「雷博士……你覺得……嗯……」小黃在一旁支吾了半天，「這兩把劍會不會真的是……地球以外的材質……藉由隕石或是……」

「啊！」雷博士突然想到什麼，整個人一震，邁步往古物實驗室直奔而去，「小黃，快！我們去瞧瞧雙劍！」

「博士？博士？」小黃被弄得丈二金剛摸不著頭腦，只好抓起放在桌上的那疊資料，跟著雷博士跑去。

只見博士速度極快，密碼開鎖，指紋鑑定，嘟的一聲，那道銀白色的實驗室門緩緩開啟。

博士沒等到大門完全打開，身體一側，就鑽了過去，小黃落後幾步，氣喘吁吁的跟了進去。

小黃慌忙的踏進去古物實驗室，突然覺得眼前一片黑暗，他心中一驚，古物實驗室為了保護古物，具有維持溫度的系統，有二十四小時不斷電裝置，共有三台副發電機維持這裡的電量，照理說應該是燈火通明的啊！

「博士！！博士！！沒電了嗎？您在哪裡？」小黃在一片黑暗中著急的喊著，年輕的他，忍不住擔心雷博士安危，和對未知黑暗的恐懼，喊著喊著，聲音裡頭，竟有著淡淡的鼻音。

「博士您在哪？快回答我！這究竟是怎麼回事？快回答我……」

就在小黃欲哭無淚的時候，突然，距離他前方大約十公尺的地方，亮起一個非常微弱的青光。

「啊……」小黃猛然退了一步，青綠色的光芒？這不是鬼火的顏色嗎？小黃考古多年，對於鬼怪之事，向來是處之泰然。但是此刻情況已經完全失控，再加上眼前一片漆黑，陡然見到詭異的碧綠青光，小黃只覺得背脊冷汗直流，毛骨悚然。

況且，這碧綠光芒的顏色實在太過詭異，跟小黃記憶中所有的綠光都不相同，這青光幽幽忽忽，十分模糊，給人一種虛幻不實的感覺，更增添了小黃心中的恐懼。

就在小黃考慮要對這鬼火束手就擒，還是拔腿就跑之際，前方的黑暗中，竟然傳來博士的聲音。

「原來如此……果然是青綠光！當初怎麼沒有想到呢？」奇怪的是，博士的聲音就在青光的旁邊，而且聽起來相當興奮，完全沒有被鬼火驚嚇的樣子。

「博士……博士……您還好嗎？」小黃輕聲的問，他深怕說話太大聲，激怒了那個不知道是不是鬼火的綠光芒，那就不太好了。

「好啊，當然好……」博士的聲音在黑暗中答道，「小黃你在哪？你幫忙一下，把門口的燈打開好嗎？」

「咦？」小黃張大了嘴巴，「博士，原來剛才不是斷電？是……是您把燈光切掉了？」

「當然啊。這古物實驗室有三台備用發電機保護，你又不是不知道。快點打開，我發現雙劍的一個祕密了。」博士的聲音說道。

小黃搔了搔頭髮，摸黑找到了電燈開關，啪的一聲，天花板的日光燈閃了兩下，整個實驗室登時明亮起來。

小黃等了幾秒鐘，眼睛完全適應了亮光，才看清楚原來博士正蹲在放置雙劍的玻璃箱旁。

「博士……這究竟是怎麼回事？」小黃剛被驚嚇一次，虛弱的說。

「小黃，你剛才有看到那個青綠色的光芒？」

「有啊。」小黃看著博士，又看了看雙劍，忽然想到，難道剛才的青光是雙劍發出來的嗎？

「那就沒錯了！現在我可以肯定，雙劍的材料確實是『隕鐵』。」博士微微一笑。

「博士，我不懂啦！什麼是『隕鐵』？這跟剛才的青光有什麼關係？又為什麼要關掉電燈？我不懂啦！我通通不懂啦！！」小黃抓著腦袋，痛苦的說。

「『隕鐵』，其實就是隕石中的金屬，後人通稱為『隕鐵』，如果雙劍的材料不是地球的產物，它含有地球儀器無法解析的成分，那就說得通了。」

「那這樣跟關燈，還有青綠光芒有什麼關係呢？」

「我剛才把電燈關掉，然後用高頻率的紫外光照射雙劍，是為了看雙劍吸收紫外光之後的反應。中國傳說中，煉化雙劍的材料，是來自一顆天外天的青綠色流星，雖然不知道它為什麼能讓王妃懷孕，至少知道它在外太空，也就是紫外光較多的環境下，會呈現青綠色。這就證明了它是一塊隕鐵。」

「嗯嗯……」小黃似懂非懂的點了點頭。

「而且我剛才還觀察到一個相當奇特的現象，兩把劍的青光不但會閃爍，而且就像是人類的心跳一樣，一下接著一下，緩慢而規律，兩劍的青光還會互相呼應，彼此照耀，給人一種相當奇異的感覺。」

「像人類的心跳……」小黃露出古怪的表情。「博士您這樣形容，真的是很奇怪……」

小黃的話還沒有說完，突然，古物實驗室的電話響了起來。

小黃順手拿起話筒，「喂……」

電話那頭，傳來挖掘工人的聲音，「喂！請問雷博士在嗎？帳篷外頭有人找他。」

「咦？是誰找博士？」小黃問道。

「不知道，他不肯說，他只肯跟博士說。」

「好，我會轉告博士的。」小黃掛上電話，跟博士交換了一個疑惑的眼神。

是誰呢？是誰會到這個鳥不生蛋的地方，來找一個以考古為生的博士呢？

# 009／訪客

雷博士走出古物實驗室，就看見一名男子正在外頭等他。

男子的身材不高，約莫一百六十五公分，頭髮半黑半白，整齊的往後梳，眼睛細長，但是炯炯有神，嘴唇含笑上揚，下巴則蓄著短短的山羊鬍。

男子穿著一件剪裁合宜的黑色西裝，左手插在口袋中，乍看之下，像是一個事業有成的中年男子。再仔細看，雷博士卻發現自己無法判斷對方的年紀，說是四十歲、五十歲……甚至更老都有可能。

不過，這些描述都只適用在這人靜待不動的時候。當訪客發現了雷博士，他一笑轉身，熱情的伸出他的右手，要和雷握手之時……

這一剎那，雷只覺得全身發冷，雞皮疙瘩沿著腳底直竄上來。

是高手，對方是一個超級武術高手！

是雷一輩子從未遇過的頂級高手！

雷從小跟著喜愛中國武術的父親修行武術，總共拜過三位師父，六歲時候拜了第一個師父，十五歲就青出於藍。於是他拜了第二位師父，到了十八歲，雷又再度超越了師父。當雷自認為除了父親，自己已經天下無敵的時候……二十歲，他遇見了他第三位師父。

第三位師父指導雷的時間最短，只有短短的六個月，卻給了雷最大的震撼。

第三位師父的行蹤飄忽，身分成謎，他授予雷的武術，不只是強身，而是真正中國武術中的精華。

雷對第三位師父的武術，可以說是佩服得五體投地，他曾經問過師父，「師父，在十億中國人中，還有人比您還要強嗎？」

師父抽著菸斗，沉默了半晌，才語重心長的對雷說：「小子，你父親的武術就不在我之下啊！不過，若要說強，我年輕的時候，曾遇過有一個人，那才是真正的強……」

「您年輕的時候？」雷微微訝異的說。「那個人現在還活在世上嗎？」

「還活著嗎？」第三位師父沉默了一會，「我不知道，也許還活著……我跟他相處了整整一年，始終看不出他的歲數，唉……」

「啊？」

「雷，你聽好了。中國武術天外有天，人外有人，打不過對方並不可恥，有些人是你逞強不來的，那就避吧！避並不可恥！我們的太極推手不就是以『避』為宗旨嗎？」

「是……」年輕的雷看著師父，竟然發現師父眉頭緊鎖，好似在思考一件擱在心上很久的事情，又好像很怕這件事……雷不懂，以師父的身手和膽識，這世間還有什麼東西能讓他害怕嗎？

如今，雷看到這個男子，瞬間就明白師父那句「人外有人，天外有天」的含意了。眼前這人就是一個，雷絕對惹不起的高手。

雷沒有伸出右手和對方握手，反而躬身抱拳，做出中國武術小輩對長輩的禮數，只是雷全身上下肌肉隱隱鼓起，身體不自覺進入了備戰狀態。

這位訪客看見雷的改變，雙眼閃過一絲激賞的神情。

「雷博士何必如此多禮？我今天只是來談事情的……」

「沒錯……」雷微微一笑，但是他的心跳仍然持續加速。武術中有一種名為「氣兆」的名詞，顧名思義，就是觀察對方的氣，進而推測對方的動作，但是，這男子的全身上下，竟然沒有半點「氣兆」，雷完全無法預估對手的動向，更讓他無法放鬆。

男子微微一笑。

「談正事之前，我得先稱讚一下雷博士，你能看出敵人的厲害，其實也是一種實力！好眼力！哈！好眼力！難怪你可以在考古界揚名，以你的眼力，任何古物的價值自然都無法遁形……」

「多謝稱讚，請問，你有什麼事情呢？」雷點點頭，問道。

「其實也沒什麼大不了的事情。」男子面帶微笑，身體前傾，嘴巴貼近雷博士的耳朵，低聲的說，「我是來買劍的……」

「買……劍？」雷博士心頭一驚，難道這名陌生的男子知道雙劍的事情？

這又是誰洩漏的？雷腦海中瞬間閃過幾個人名，不可能是萊恩、小黃，自然也不是蓮。啊！也許是萊恩從地洞取出雙劍的時候，被某些工人看見了，以為包袱裡頭有價值連城的古物吧？

「是的……」男子回復原來的姿勢，說道，「聽說你們挖出了不得了的兩把劍。」

「抱歉。我的考古團隊隸屬國家機構，所以雙劍現在是國家資產，你沒有權利購買它。」雷博士搖了搖頭，義正詞嚴的拒絕了男子的提議。

「呵呵，雷博士，你聽過『古文明與現代科技公司』嗎？」男子沒有絲毫動氣，只是微笑的說。

「古文明與現代科技公司？」雷博士眉頭皺起，這名字他倒是第一次聽過。

「這是我親手創立的公司。其實這世界上存在著不少古老的文明，而每個古老文明都隱藏了超乎人類想像的尖端科技，以埃及的金字塔為例，埃及金字塔使用了大量的巨型花崗岩，每塊花崗岩絲絲入扣，建成了千年不壞的金字塔。曾有科學家估計，如果以現代最頂尖的科技，仍然建不出一座金字塔，何況是五千年前的埃及？」

「……」

「還有災禍之源，傳說中的法櫃，已經有不少史料證明，只要法櫃出現的地點，周圍百里內就會災難不斷，狂風暴雨，疾病蔓延，甚至有科學家檢測法櫃附近的環境，發現磁力值是正常地表的一百倍……法櫃究竟是什麼樣的古文明，難道不讓人感到好奇嗎？」

「嗯……所以你認為雙劍也有這樣的古老科技存在嗎？」雷博士輕輕哼了一聲。

「當然……」那男子伸手入懷，掏出一個大約掌心大小，用麻布層層包裹的布包。

「雷博士，請看。」

雷博士看著那男子慢慢把麻布一層一層的剝開，最後，露出一塊暗紅色的金屬片。

「這是……」雷博士眉頭皺起，他注視著那個金屬片，血銅的色澤，竟然有點似曾相識？

「以你的眼力，一定看得出，這塊金屬，和什麼東西很類似吧？」男子冷冷一笑。

雷博士心臟怦怦的跳著，那血銅的光芒，的確很像，很像雙劍上頭的色澤。

「雷博士，我老實跟您說，這塊碎片，是我公司花了九牛二虎之力在日本米澤得到的……」男子說道，「嘿，這可不是默默無名之輩，它是日本『草薙神劍』的碎片。」

「草薙神劍！？」雷博士當然知道草薙神劍的來歷，日本創世紀傳說中，日本原本居住著一條八歧大蛇，此蛇共有八個頭，巨大兇狠，吃人無數，最後就是被草薙神劍所斬殺，他一直以為這是日本古老的傳說，沒想到真有草薙劍！

「草薙劍的材料，竟然會和雙劍上的材料極為類似，你不會覺得很湊巧嗎？」男子雙眼盯著雷博士，嘴角溢出一絲冷笑。

「你……想說什麼？」雷博士腦袋嗡嗡作響，一個他不敢相信的事實，正呈現在他的面前。

「我想說的是，歷史上的神劍神兵，其實都是外星隕石所製成。而這些隕石具有超越人類想像的力量。我們只找到草薙神劍的一小塊碎片，所以能夠研究的地方有限，但是……雷博士，你得到的卻不是碎片而已，你手上有完整的兩把劍，你知道這兩把劍，將會對這個世界造成什麼樣的衝擊嗎？」

「哼。我就算得到兩把劍，我可沒說是什麼樣的劍？也許只是普通的古劍……」雷博士也算是一隻老狐狸，他可不會輕易的被對方套出『雙劍就是干將劍和莫邪劍』的祕密。

「雷博士啊雷博士，你難道以為你可以瞞得過我？」男子哈哈大笑，「你手上那兩把劍，一把是『干將』，一把是『莫邪』，這兩把劍名震中國劍壇已久，絕對不是凡物！」

「你……」雷博士心頭激盪，「你怎麼知道，這是干將和莫邪？」

「你不可能瞞得過我的……雷博士……哈哈哈，尤其是這兩把劍！」男子笑容詭異，

「如果你還有所懷疑，不妨把燈關掉，用紫外線下去照射……喔，你的臉色這麼難看，看來你已經試過這個方法了，怎麼樣？有沒有得到青綠色的光芒？哈哈哈，果然是『干將』和『莫邪』吧？」

「你……你究竟是誰？」雷博士右手握拳，勉強控制住自己發抖的聲音，問道。

「喔，不愧是雷博士……解開了青綠光芒之謎，難道你也解開了劍上咒語的含意？喔，看樣子還早，你還沒解開咒文意思啊……也許你一開始就搞錯方向了，那不是文字喔，那是咒語的圖形。哈哈哈。」怪異的男子直盯著雷博士，哈哈大笑，笑聲十分刺耳。

「咒文？原來那不是文字……那是一種圖形？」雷博士喃喃自語，同時雙眼毫無畏懼的直瞪著眼前的男子，「你究竟是誰？你連雙劍上刻有古文都知道？你怎麼會知道這麼多雙劍的事情？」

「我怎麼會知道？我怎麼會知道？哈哈哈……」怪異男子仰頭狂笑，笑聲中有著一股無法言喻的巨大悲哀。

「哈哈哈……哈哈……我找了它們這麼多年，怎麼會不知道？哈哈哈……怎麼會不知道？」

「你究竟是……」雷博士話還沒問完，突然那名男子右手如一道閃電，對準雷博士的左腕扣來。

雷博士打從一開始就知道對方不是等閒之輩，左腕一轉一縮，同時右拳擊出，往對方臉上轟去，一招圍魏救趙，要逼得對方撤回右手。

可是，對方遠比雷博士想像中來得高明，他的右手不但沒有縮回，還順勢一起，格掉了雷博士斗大的拳頭。不但如此，他的另一隻手跟著伸出，趁勢抓住雷博士被擋住的拳頭，兩指一翻，扣住了雷博士的經脈。

雷博士竟然在三招之內受制，這是他學武多年，從未發生過的事情。

他心中雖驚，臉上卻依舊保持冷靜。

「我不知道你為什麼要那兩把劍，但是，你就算抓著我，也絕對不可能得到那兩把劍的！」

「哼哼，你倒是冷靜啊……」怪異的男子哼哼兩聲，「雷小子，我跟你說，你根本不懂那兩把劍的價值！那兩把劍有什麼力量，你真的清楚嗎？」

「我不清楚沒關係，至少我不會拿來害人！我不會拿我的研究成果給軍方！你以為我不知道，你們的公司收集古文明的科技做什麼嗎？」雷博士右腕被緊緊扣住，痛徹入骨，額頭的冷汗不斷冒出，他卻依然不卑不亢，顯出考古學家的風骨。

「哼哼……好好好……你這傢伙。」那人眼睛瞇成一條線，嘿嘿冷笑，左手一鬆，放開了雷博士。

「看來用武力是不能讓你屈服了。」

「這是當然。」雷博士轉了轉自己的右腕，直瞪著對方。「很抱歉，我要下逐客令了！」

「好，我走……」那男人臉露冷笑，從懷中拿出一張名片，塞入雷博士的手中。

「如果你後悔了，上頭有我的電話號碼。」

雷博士怒道：「把名片拿回去，我不會後……」

「年輕人，別急著下定論。」那男子將帽子戴起，臨走之前，在雷博士耳邊輕輕說道：「如果你肯合作，雙劍的力量也許可以救你妻子的命。」

「什麼？」一提到蓮，雷博士才真正亂了方寸，急道：「你說……你說什麼？蓮……你想對蓮怎麼樣？」

「好自為之了，年輕人。」那男人沒有回答，手指輕按帽簷，一個禮貌的欠身，就轉身離去。

雷博士愣愣的看著那男人的背影，心中五味雜陳，這男人究竟是誰？為什麼擁有這樣古老而強大的力量？而他所說的，「可以救蓮的命」又是什麼意思？癌症末期的蓮，真的還有救嗎？

就在雷出神之際，背後突然傳來小黃驚惶失措的聲音。

「博士！博士！雷夫人她……」

小黃焦急的大喊：

「她在圖書館突然昏倒，現在緊急送到醫院了！」

# 010／雙劍的圖騰

夜晚的醫院，很靜。

今晚的月亮皎潔，整個病房也籠罩在一片虛幻美麗的銀光之中。

蓮醒過來了。

她低哼了兩聲，右手一動，輕輕觸到一個物體，那是一個男子的頭髮，濃密而粗糙的髮質，沒有經過修飾的簡單造型。

一個男子，正伏在蓮的旁邊沉沉的睡著。

光看這頭上的髮線，撫摸這熟悉髮質，蓮就知道，是誰伏在她身旁，徹夜照顧她。

是雷。

現在不知道幾點了？蓮感覺到腹中有些飢餓，又沒有力氣起身，彷彿全身上下都被車子輾過，空蕩蕩的沒有任何力氣。

她什麼時候昏迷的呢？昏迷多久了？雷在她身邊照顧了多久？

她輕輕撫弄雷的頭髮，那粗粗的黑髮中，不知道什麼時候，摻雜了些許白絲，白絲如雪，顯出雷這些日子的心力交瘁。

蓮有些心疼，有些不安，她的印象中，雷向來以身體強健自負，他的頭髮雖然粗糙，卻從來沒有出現過白髮。

可是，現在連勤練武術，注重養生的雷，頭上都染上了白霜，都是因為她的病，唉，想到這件事，蓮的心中就一陣絞痛。

母親也是那樣深愛著父親，也是癌症猝逝，她是用什麼樣的心情，去面對生命的最後一刻？是遺憾？是悲傷？還是對父親曾孤獨終老的疼惜？

「雷，如果我走了……」蓮附在雷的耳邊，輕輕的說，「我希望你能忘了我，我希望你能好好的過日子……希望你……」

蓮聞著雷的髮際，那再熟悉不過的洗髮精香味、淡淡的塵土味，還有考古實驗室中的消毒水氣味……蓮再也抑制不住心頭的難過，眼淚一滴接著一滴湧出，落在床單上，也落在雷的臉上，順著他的臉頰滑下。

蓮竭盡全力抑制住她的哭聲，她不願驚醒了雷，讓雷發現她的脆弱，她要給雷留下最後的印象，那就是「一個活得很快樂的蓮」。

「蓮……」不知道什麼時候，雷已經被蓮的淚水給驚醒，他伸出大手，輕輕的握住了蓮的手。

「不准看！」蓮連忙用手摀住臉，哽咽的說，「笨牛！不准看！我不准你看我哭的樣子！」

「蓮……」雷伸手抱住了蓮，「別忍了，哭出來吧，我知道，我都知道……」

「哇……」蓮一聽，強忍多時的淚水，終於潰堤，伏在雷的懷中，放聲大哭起來。

她把頭整個埋進雷的肩膀內，細弱的雙手，使勁的抓著雷的衣袖，眼淚沾溼了雷的衣服，淚痕逐漸渲染開來。

雷什麼都沒有說，只是用手溫柔的撫摸著蓮的背部。突然間，雷心中響起一個聲音。

「我願意！我什麼都願意，如果雙劍真的能拯救蓮的生命，我願意不顧一切的去尋找雙劍力量的祕密！」

「只要蓮，能夠好好的活在世上，我願意付出我的一切。」

「就算跟魔鬼交易，要出賣自己的靈魂，我都願意……」

蓮大概哭了三十分鐘才停止。

她哭完之後，雷輕柔的用手掌抹去她的淚痕。

她突然破涕為笑，得意洋洋的說：「雷，我跟你說喔，我查到雙劍上頭的古字含意囉。」

「啊？」雷低呼了一聲，「真的？」

「當然是真的啊！」蓮一邊擦眼淚，一邊高興的說，「其實那根本不是什麼古老的文字！難怪我們都認不出那是什麼時代，或是什麼地方的語言！」

「不是文字……」雷腦中一片空白，在幾個小時前，那名神祕男子才說過相同的話，這名神祕男子，當真知道雙劍的祕密嗎？

「是啊！其實那是一種圖騰，一種類似咒語的圖騰。」蓮笑容滿面的說，同時從她的口袋拿出一張寫滿了字的筆記紙。

「圖騰？」雷問道。

「是的，你看我寫下來的筆記，今天下午在圖書館，我突發奇想，覺得上頭的圖也許不是文字，我就去翻了古時候的咒語書，果然，一下子就被我翻到了。」

雷攤開那張筆記紙，蓮娟秀細小的筆跡，上頭是這樣寫著：

劍，莫邪，圖形是取自山海經中的鳳凰尾端，圖意是『陽』，或作『生命』，或有『不死』或是『再生』的含意。劍，干將，圖形是取自山海經中的渾沌獸形，含意是『陰』，或作『死亡』，還有『滅亡』或是『結束』的含意。

雷看得眉頭深鎖，這個圖騰象徵著什麼？象徵著什麼？究竟象徵著什麼？

他用盡全力的看著，彷彿要用雙眼穿透紙面，只要看透了這個祕密，蓮就真的有救了！

雷彷彿著魔似的，雙手越來越用力，用力到快要把紙給抓破。

「雷？雷……雷你怎麼了？」蓮又驚又怕，連忙用雙手環住了雷的脖子，溫柔的說，「你還好吧？雷……你是不是太累了……」

「啊！」雷聽到蓮的聲音，突然驚醒過來。「啊……我剛才……怎麼了？」

「你剛才的表情好可怕喔……」蓮抱著雷的頸子，聲音有些顫抖，「好像要把整張紙給吞下去似的。」

「是……是嗎？」雷額頭流下了冷汗，剛才是怎麼了，一定太想要用雙劍的力量來治癒蓮的病，才會變得如此失控吧。

「是啊。」蓮拿過那張筆記紙，秀眉微蹙，輕聲說道，「不過就算查出了這圖形的含意，好像對解開雙劍之謎，沒有太大的幫助……」

「嗯……我想想……」雷恢復了冷靜，拿起那張紙，反覆的思量著。

「會在劍上刻紋，其實都侷限在比較早期的劍，漢朝之後，幾乎比較少看到類似的做法了，畢竟劍是一種戰爭武器，它需要不斷承受撞擊，劍刻上了紋路，會降低劍刃的強度，縮短劍的使用壽命，所以用在實戰的劍，多半是不刻紋的。」

蓮點了點頭，「哇！雷你懂得好多……」

「不過也有一些劍是單純讓貴族子弟耍弄，這種劍就會刻上劍紋，增加美觀之餘，也可以確認持劍者的身分，這時候的劍紋，刻的多半是望族的家徽，或是一些招來福氣富貴的圖樣，這樣的劍，除了舞劍，其實沒有多少實用價值。」

「嗯……」

「不過在春秋時代，確實流行過劍紋，因為那是一個蠻荒的時代，人們比較迷信，他們相信萬物有靈，一把刻著吉祥文字的劍，可以庇佑主人，在戰爭中不被傷害，甚至可以立下不朽的戰功，得到榮華富貴之類的……所以戰士出征之前，選上一把刻有劍紋的劍，在當時是稀鬆平常的。」

「嗯……」

「而且春秋時代的南方又特別盛行巫術，無論是楚國還是吳國，都是巫術盛行的國家，所謂的巫術，其實就是一種藉由圖像、語言、歌曲或是草藥等等……引用自然力量作為己用，在那個科學不文明的年代裡，逐漸演變成十分重要的文化。」

「喔……巫術啊……」

「是的，是巫術，既然雙劍是誕生在巫術風行的南方吳國，勢必會受到巫術的影響，我猜得沒錯，這兩個圖騰，『莫邪』的『陽』和『干將』的『陰』，必定有某種巫術上的意義，例如說……『干將』可以殺人，而『莫邪』可以救人……咦？可以救人……『莫邪』可以救人……？」

雷說到這裡，突然打住，剛才他腦海閃過了一道靈光，但是靈光一閃而逝，他沒來得及抓住。

「雷？怎麼了？」蓮見到雷又露出痛苦困惑的表情，她擔心問道。

「蓮，我剛想到了一件事，可是念頭一閃而過，偏偏沒辦法連接起來……」雷抓著頭髮，煩躁的說。

蓮摸了摸雷的頭，溫柔的說：

「你剛剛說到哪？對！你剛剛說到巫術……『干將』和『莫邪』劍上的劍紋，其實都是一種巫術，『干將』的『陰』是用來殺人的……而『莫邪』的『陽』則可能用來救人……」

「對……」雷眉頭緊鎖，低聲說道。

「可是，雷，你自己想想，這怎麼可能呢？劍這種東西明明就是砍砍殺殺，怎麼可能用來救人？歷史上有聽過可以用來救人的劍嗎？你看看中國神話中，干將的孩子赤，說要為父報仇，所以拿了『莫邪劍』，他還殺了……咦……他殺了誰……」

說到此處，蓮戛然而止，一轉頭，剛好和雷充滿驚喜的眼眸對上。

「對！中國神話中，『莫邪劍』並沒有殺半個人！這把劍不但沒有殺人，連它斬下的人頭，都因為它，而可以繼續活著！」雷用顫抖的聲音說道。

「可是，雷，這對嗎？怎麼可能人剩下頭顱還能存活？」蓮覺得腦中一片混亂，這完全違反了她從小學習的生物知識啊。

「對，可是這兩把劍不能用常理預測！妳知道嗎？它們的成分分析已經出來了，裡頭有一半的成分，是地球根本沒有的東西！妳知道這意思嗎？蓮，它是『隕鐵』啊！它根本不是地球的東西！它是來自太空的『隕鐵』……」雷一想到蓮的病出現一道曙光，心情激盪之下，不由得越說越激動，到最後，甚至語無倫次起來。

「雷，你說慢一點，可不可以說慢一點……你說這『干將』『莫邪』是外太空來的『隕鐵』？」

「是的！」雷緊緊抓著蓮的手，「也許……我只是說也許……『莫邪』能治療妳的病……」

「雷……」蓮露出疑惑的表情。「用『莫邪劍』治療困擾醫療界多年的血癌？這是不是太過……虛幻了？」

「所以我說『也許』，但是，我以雷的名字發誓，我絕對不會放棄的，我一定會盡我最後一分力，讓妳能夠回復健康。」

# 011／橫禍

今天已經是雙劍出土的第十四天，自從第七天出現了『隕鐵』和『雙劍圖騰』兩個重要突破之後，雙劍的研究，已經連續七天沒有進展了。

蓮已經收起在圖書館的閱讀工作，轉而到古物實驗室來協助雷博士，對雙劍做一些基本的量測。

「雷，之前的中國神話中，為什麼總是提到用頭髮、指甲，或是人來煉劍呢？」蓮一邊無聊的翻著資料，一邊問道。

「嗯，這也是有科學解釋的……」雷想了一下，答道，「因為人體等於一個充滿了碳元素、氮元素的有機體，將人丟進爐中，鐵會和碳或氮形成化合物，會降低鐵的熔點，如此一來，原本無法熔化的純鐵，就會因為熔點下降而熔化。而且一個鐵塊中，碳的含量越高，它的硬度就越高，換句話說，那把劍就越鋒利。」

「啊！懂了！其實是人體內的碳或是氮，讓鐵元素熔化的！也是碳讓鐵變硬的！」蓮恍然大悟的說道。

「聰明，真不愧是我聰明的小蓮，就是這樣。」雷笑了笑，「不過說起來簡單，其實冶金學是很高深的，加碳雖然可以增加鐵的硬度，加太多卻會造成脆化，加碳雖然可以幫助鐵熔化，也要控制在一定的溫度下。所以一塊好鐵也要遇到一個好的鑄劍師，才能鍛造出一把好劍！鑄劍師對溫度、壓力、打鐵的方式，都要十分了解才行，很多時候，除了經驗智慧，還需要一點運氣。」

「嗯嗯……了解了！」蓮笑著說，「這就像是千里馬之於伯樂，也就像是『干將劍』遇見了鑄劍師干將嗎？」

「對！比喻得真好……」雷微微一笑。「蓮真是聰明。」

蓮撒嬌似的笑笑，站起身走到放置雙劍的玻璃箱前，深深注視著這兩把發著暗紅光芒的古劍。

劍體細長卻沉重無比的『莫邪劍』，還有劍身巨大卻輕盈萬分的『干將劍』，兩劍雖然都已折斷，但是在燈光的照耀下，仍然是寒氣四溢，鋒利絕倫，讓人不由得望而生畏。

「雷，你說會是什麼樣的東西，把它們都砍斷呢？」蓮用手指在玻璃箱外頭畫著圈圈。

「很難講。」雷忙著操作儀器，頭也不回的說道。「以現在的科技，用雷射或是水刀，或許可以切割這兩把刀，但是……在古時候，要有這樣鋒利堅硬的武器，幾乎是不可能的事情。」

「嗯……」蓮沉默了半晌，「雷，我自從查出了雙劍的古文含意之後，最近這幾天，常常做同一個夢……」

「做夢？什麼夢？」雷沒有轉頭，依然忙碌的處理手邊的工作。

「我老是夢見兩個人，一男一女，他們舉著劍互相凝視。男人穿著厚重的鎧甲，好像是一個年輕的將軍；女人則是穿著一襲黑衣，身材細弱，她的黑髮好美，在風中吹啊吹的……」

「喔？雙人對決啊……然後呢？」

蓮的聲音低低柔柔，好像陷入了恍惚狀態。

「那個男人用雙手握著一把又細又長的古劍，紅銅色的劍刃，精光閃閃，任誰一看，都知道是把神劍。女人則是扛著一把巨大的古劍，古劍也是紅銅色，寒氣逼人，那也是一把神劍。只是好奇怪，這個女子身材弱小，怎麼扛得動這麼大的劍呢？」

「喔？細長的劍和巨大的劍？聽起來好像是『干將』和『莫邪』啊？」

「是啊……雷，我也是這樣想……我也覺得這兩把劍好像是『干將』和『莫邪』……只是在夢中，這兩人互相凝視，他們的表情都好悲傷，好像要生離死別似的，而且他們的動作也很奇怪，他們舉著劍，眼看就要往對方的身體砍下……」

「咦？是這樣嗎？的確是很奇怪的夢。」

「是啊，我有種感覺，他們兩人是真心相愛的，只是不知道為什麼，他們必須用劍分出生死。每次夢到這裡，我在夢中都會一直哭，一直哭，我好像懂那個女子的心情，她根本不想揮劍，但是她還是必須要揮劍，因為這是宿命……這是無法逃避的命運，那真是好悲傷好悲傷的感覺。」

「嗯……」雷輕輕的點了點頭。「那後來呢？他們還是揮劍了嗎？」

「……是的，他們揮了劍，接下來的夢境，我就記不清楚了，我看見兩把劍一揮而下，化成兩道銳利的劍光，交擊在一起，那瞬間，原本燦爛的劍光先是微微一縮，然後砰一聲，轟然爆開，劍光四射，夢中的場景變成整個一片白光。」

「咦？爆炸了？」雷問道。

「是啊，爆炸了……」蓮的聲音虛弱低柔，「而且我永遠忘不了，爆炸的前一秒，那女子最後的容顏，是痛苦，是悲傷，是無奈，還有一點點得到解脫的暢快笑容。然後……我見到了雙劍一齊被震上了天空，不斷的在空中飛舞，還有，爆炸激起的白光四處流竄，見人殺人，遇劍碎劍，到處都是劍和人的碎片，血肉模糊的，好可怕……」

「啊……蓮……」雷一回頭，發現蓮已經滿臉淚痕，她沒有發出哭聲，只是一邊說著夢境，豆大的淚珠，卻一顆接著一顆，滾落臉頰。

「親愛的蓮，妳怎麼了？妳怎麼了？」雷心疼萬分，把蓮整個擁入懷中，懷中的蓮，像隻受驚的小貓，縮成一團，不斷的發著抖。

「我不知道……我不知道……我不知道為什麼會哭了……」蓮仰起頭，雙眼迷濛，雪白的臉龐上掛著幾串晶瑩的淚珠。

「我好像能夠明白那個女子的心情，就算知道會死……還是……還是要把劍揮下。」

「不哭了不哭了，我在妳身邊啊……」雷粗壯的手用力的將蓮摟了摟。

「雷，也許我的夢是真的……」蓮把頭埋在雷的胸膛裡，輕輕的說著，「雙劍如此鋒利，舉世無敵，除了它們自己……還有誰？還有誰能將對方砍斷？」

「嗯……」雷沒有說話，劍眉緊緊的蹙著，『雙劍互折』的說法，也許是唯一的解釋，就算他不願意做出這樣的解釋。

可是，雙劍為什麼要互折？

蓮的夢境中，這對男女究竟懷著什麼樣的心情，要將雙劍毀滅？

雷輕輕撫弄著蓮纖細的背脊，他百思不解。

但是，雷並不知道，不久的將來，他就會親身體驗這份『雙劍互折』的心情了。

不過，事實上，雷並沒有花太長的心思去思考蓮的心情。

並不是因為他太固執，所以忽視蓮夢境的預言。也不是因為他太自傲，所以沒有考慮蓮的心情。

只是發生了另外一件事，吸引了雷全部的注意力！連躺在雷懷中的蓮，都可以感受到雷身體一震，彷彿受到極大的驚嚇。

「雷？雷你怎麼了？」蓮仰起頭，皺著眉頭，露出擔心的表情。

「電視……」雷右手食指往前伸，比著古物實驗室中一台小型的液晶電視。

這一台液晶電視是小黃買來放在實驗室的資產，因為考古鑑定實驗是一項繁瑣而複雜的工程。當實驗遇到瓶頸的時候，一台電視，往往能調劑身心，娛樂效果十足。

此時，電視正發出熱鬧的聲響，放映著當天的午間新聞。

「新聞啊……怎麼了？」蓮好奇的轉身，看著液晶電視，畫面上正好拍到一台黑色的休旅車因為墜落山谷，冒出熊熊烈火的畫面。

電視上，報導新聞的記者拿著麥克風，用專業的語氣說道：「日前被人發現墜落山谷的黑色休旅車，車號是LGR1010，因為墜落的深度足足有五百公尺，加上地形崎嶇，救援不易，加上墜落的時間已經超過二十四小時，初步研判，車主應該已經凶多吉少……」

「啊?山難嗎?好可憐……那車子摔入這麼深的山谷,又發生油箱爆炸,我看,車主人恐怕是凶多吉少了。」蓮最討厭看災難新聞了,她別開頭,低聲說道。

蓮才剛說完,就突然發現,她身旁的雷,身軀竟然在顫抖。

「雷?你還好嗎?」她一轉頭,看到雷不單是身體顫抖,連臉色都整個煞白了。

「……」雷沒有說話,只是睜大了雙眼,看著新聞的畫面。

「雷?」蓮心中一驚,以她對雷的了解,她第一時間就反應過來,絕對是出了大事!她急問道:「雷,這罹難的車子是誰的?」

「車號,LGR1010……」雷雙眼茫然,喃喃的唸著。「沒錯,這是他的車,這是他的車……」

「雷,他是誰?」蓮看到雷失魂落魄的模樣,她不由得又驚又急,追問道。

「難怪他去北京開會,開了整整十四天都沒有消息,難怪他的手機都打不通……」雷咬著下唇,低聲道。

「去北京開會?十四天前?」蓮只覺得一陣寒意,從腳底升起,她猜中誰是車子的主人了!

「該死!真的是意外嗎?我不相信!」雷虎目含淚,咬牙切齒的說。

「雷……不要難過,沒事的,沒事的!」蓮不知所措,只能緊緊抱住雷的頸子。

此刻，新聞畫面中，那個記者又繼續報導著：「據研判，這起事故疑雲重重，根據附近居民表示，他們前幾日還遇到車主，車主的精神狀況不錯，也沒有喝酒，只是有些憂鬱，目前警方不排除他殺的可能性，警方表示，因為山谷相當深，所以他們沒有辦法進一步確認，車主是否在車內，或者是逃出生天……目前車主的資料已經傳真過來，這位車主相當年輕，今年二十六歲，名字叫做……萊恩。」

萊恩。

熟悉的名字終於出現，彷彿死刑定讞，蓮只覺得雷的身軀猛然一震，然後慢慢的鬆軟下來。

「雷……？」蓮輕輕的問。「你要不要去休息一下？」

「不用。」雷搖了搖頭，身體一撐，慢慢站了起來。

「雷？」

「萊恩遇害了，我知道是誰幹的。」雷看著蓮，表情雖然疲憊，眼神卻是異常清澈，那是不顧一切的決心。「蓮，我們得快點，要比他們快一步才行。」

# 012／山雨欲來

萊恩車禍罹難的消息，就像是瘟疫一樣，迅速在挖掘工人間蔓延著。

萊恩個性開朗，又喜歡嬉鬧，雖然貴為挖掘場的三巨頭之一，卻深得工人們的喜愛。

當工人們聽到萊恩的車子在北京近郊山區發生山難，每個人都顯得意志消沉，幾乎無法繼續工作。

各種奇怪的傳言更在工人之間散佈開來。

「萊恩就是下去『羊十號』挖掘坑拿了那兩把劍才會死的！」

「喔？拿劍和萊恩的死有關嗎？」

「有啊，當然有，以我當挖掘工人這麼多年的經驗，那兩把劍肯定是受到了詛咒！」

「詛咒？你別嚇人好不好？哪那麼可怕！」

「我騙你做啥？你沒聽過埃及公主的木乃伊嗎？那木乃伊詛咒殺死的人才多勒！」

「那我不要在『羊十號』礦坑工作了！好可怕！我還有妻兒！」

「對啊，我們拒絕再繼續挖掘這個洞了！抗議！抗議！」

挖掘場發生了一件又一件的騷動，小黃年紀太輕，鎮壓不了，雷博士多次親自出馬協調，雖然平復了工人們的情緒，但是恐怖詛咒的傳言已經深植工人們的心中，無論雷博士給予多麼豐厚的賞金，都沒有人願意繼續挖掘下去了。

而另一頭，雷博士持續對『莫邪劍』能夠讓人不死的實驗。

他找了一些老鼠，用『莫邪劍』砍下，原本希望能夠像神話所說，老鼠就算斷了頭，仍可以繼續活著。不過事與願違，從頭到尾，只證明了『莫邪劍』真是一把殺人不沾血的絕世好劍，因為無論多龐大的動物，『莫邪劍』一斬即斷，沒有例外，而且血珠四濺，偏偏沒有一滴沾上『莫邪』劍刃，不愧是一代名劍。

而『干將』也沒有展現圖騰中『陰』，『死亡』的力量。斬殺動物，『干將』就像是一把超級鋒利昂貴的菜刀，動物死時身首異處，哀號不斷，一片血腥，跟菜刀殺動物比起來，除了『干將劍』利了些，揮起來快一些以外，其他完全沒有不同。

雷博士還請了幾位生物學家一同鑑定，那些被劍所殺死的動物屍體，有沒有什麼不同？例如組織異變，或是癌細胞增生或減少等等……

不過，結果還是令人失望，什麼異變都沒有！雙劍仍然是劍，沒有展現出劍之外的神奇力量。

雷博士所懷抱的希望越來越減弱，他猜想，雙劍也許需要在某種特定的環境條件下，才能發揮『陰』『陽』的力量。

但是，是什麼樣的條件呢？

中國神話中，神祕的男子一劍斬下吳王頭顱，也沒有提起什麼特別的情況啊？

那天風雲有變色嗎？那天大地有雷鳴嗎？還是那是什麼特定的日子？或者是什麼特定的地點呢？

除非那個『古文明與現代科技公司』的男人欺騙了雷，雙劍只是普通的古劍！如果真是這樣，對方為什麼要花這麼大的代價來收購雙劍？還不惜動用武力，殺害了無辜的萊恩？

這一切，都陷在沼澤迷霧之中，懸而未解，更讓雷心力交瘁。

加上工作夥伴萊恩的罹難，挖掘場的騷動，蓮身體的衰弱，都在在讓雷感到力不從心。

而且，所謂屋漏偏逢連夜雨，更糟的事情還在後頭，那就是春夏交際三月，正是太原一帶的雨季。

雨季一來，帶來豐沛的雨水，無論多麼吃緊的挖掘工作都要告一段落，因為大雨會破壞挖掘成果。大部分的挖掘工程，都會趁這一段時間暫停作業，在挖掘場附近做好防洪措施之後，就當成一個長假，安靜等待雨季的結束再繼續。

可是，偏偏這時候，雷正和時間在賽跑，蓮的病不能等到雨停，虎視眈眈的『古文明與現代科技公司』也不會等雨停，『羊十號』也不會等到雨停……這個雨季，對雷來說，真可是來得不是時候。

聽著新聞報導著，豪雨將至，太原附近的居民嚴防豪雨，而『羊十號』挖掘場的大坑因為太過巨大，加上是突然裂開，事前缺乏妥善規劃，幾乎無法進行防雨措施，更讓雷的心情異常煩躁。

這日，雷在書桌前整理著手邊的考古資料，突然落下了一張紙，紙上藍筆痕跡鑿然，正是他當初為了雙劍所整理的五個疑點。

雷一時興起，拿起了筆，將已經解決的疑點一一劃去，並加註新的問題。

（×）一、雙劍是否真為干將、莫邪？

確定是『干將』和『莫邪』

（×）二、劍上的古文何解？

『干將』的圖騰，是『陰』。

『莫邪』的圖騰，是『陽』。

（×）三、雙劍的材質為何？

已經確定是『隕鐵』，雖然無法完全判定。

（？）四、「羊十號」挖掘坑的劍塚祕密？

（？）五、「羊十號」挖掘坑的地底祕密？

雷迅速將五個疑點中的前三項劃去。

接下來，原本他以為最容易解決的第四、五個疑點，卻因為萊恩的罹難，而陷入謎團之中。

沉思片刻之後，雷又加上了第六、七個疑點。

六、雙劍圖騰中，『陰』和『陽』力量使用的方式？

七、『古文明與現代科技公司』的神祕男子是何人？而他的目的又是什麼？

雷拿著筆記紙沉吟了一會，又望著帳篷外頭的天空，這幾天的天色陰霾，空氣悶熱，天邊的烏雲重重疊疊，連雷都可以感受到大雨將至的徵兆。

「第四個、第五個謎團啊……當初本來以為，解開其中一個謎團，就會像是連鎖反應一樣，五個謎團同時打開的，沒想到，還是受挫了……唉，如果萊恩沒有被殺……」雷輕輕嘆了一口氣。

「大雨轉眼將至，『羊十號』挖掘坑沒有防雨措施，大雨一來，雨水沖刷土壤，流入洞底，洞底的古蹟必定慘不忍睹，這樣第四和第五個疑點就永遠解不開了！」

雷看了看窗外的天色，又看了看手上的筆記紙，忽然，他深深的吸了一口氣。

雷的腦海浮現一個念頭，「萊恩可以冒死下坑，取出雙劍『干將』『莫邪』，為什麼我不行呢？」

「無論萊恩在坑底遇到了什麼？只要我再體驗一次就可以了。」

「我一定要解開『羊十號』挖掘坑的祕密，已慰萊恩在天之靈！」

雷是一個行動力極強的男人，他一決定，就沒有人可以阻止他，況且他也沒有時間猶豫了，入春以來最大的暴雨蓄勢待發，即將籠罩整個太原挖掘場。

只要雨一來，整個羊十號挖掘坑就會被黃土給掩埋。

所以，這是一場和時間的競賽。

雷知道，他要下坑，就只能趁現在了。

# 013／羊十號挖掘場

雷打定了主意，也不遲疑，馬上撥了電話給小黃。

小黃一聽，馬上驅車，火速趕到科技帳篷和雷會面。

只不過，小黃見到了雷博士的第一句話，不是讚美，更不是支持，卻是毅然的拒絕。

「雷博士，您在開玩笑嗎？新聞氣象報得那麼清楚，鋒面北上，雲氣夾帶著大量的水氣，全都匯聚到太原挖掘場的上空，這幾天隨時會降下傾盆大雨啊！」小黃著急的說道，「說句不好聽的話，您這一下坑，若是剛好碰上了大雨，您有個三長兩短，我們挖掘團隊已經少了工程師萊恩，再失去您，考古團隊就會瓦解了！」

「小黃，我知道。」雷看著小黃，神情不但不慌張，還顯得從容不迫，說道，「可是雙劍之謎研究到現在，老實說，已經陷入了一個死胡同，一定要有所突破才行！而這個突破，肯定就在『羊十號』挖掘坑的坑底！」

「不行！我不答應！雷博士您這是在拿自己的性命開玩笑，如果您在坑底的時候，剛好下起大雨，雨水夾著黃土，封住了洞口，您是會被活埋的啊！你不考慮你自己的性命，也要考慮……雷夫人吧！」小黃對雷博士尊敬無比，向來是言聽計從，不敢違背，這次卻是異常的堅持。

「小黃，你說的我都知道，所以我才會找你來，我打算瞞著蓮，不能讓她擔心，小黃，我需要你的幫忙，我不能一個人下坑，我還需要有個熟練的人幫我操縱纜繩才行。」雷博士說道。

「不行！說什麼我都不答應！」小黃閉上眼睛，用力搖了搖頭，「無論是雷博士還是雷夫人，都是我尊敬無比的人，我不能眼睜睜的看著您去送死，您若是有什麼意外，雷夫人從此悲痛欲絕，我小黃雖然沒有雷博士的博學智慧，這點見識還是有的！珍惜身邊的人比考古更為重要，這不是您親口跟我說的嗎？」

「小黃，」雷博士伸出雙手，用力的抓住了小黃的臂膀，懇切的說道，「很多事情你不知道，我何嘗不知道人比考古重要？有人才有考古，有現代才有歷史，但是，有些事情，是非去做不可的，如果現在不做，以後肯定會後悔。而且，這件事和蓮也有莫大的關係，我一定得解開雙劍的祕密！這可能是蓮最後的願望，更可能……是蓮的最後一條生路了。」

「雷夫人的最後願望？雷夫人的最後生路？」小黃露出困惑的神情，看著雷博士。

「這些事情等我從『羊十號』坑底回來，再跟你慢慢解釋。」雷微微一笑，表情既是哀傷又是堅定。

「一句話，幫是不幫？小黃，我可是信賴你的技術和判斷，才第一個找你。」

「雷博士……」小黃深深嘆了一口氣。「我……」

「小黃，我知道你很關心我和蓮，就當幫我們兩個一次，好不好？」

「我……我……」小黃嘴巴緊閉，眉頭緊緊皺在一起，似乎在掙扎什麼。突然，撲通一聲，小黃雙腿一屈，整個人跪了下來。

「雷博士，我小黃求你，讓我代替你吧！讓我下去！我小黃孤身一人，沒有家累，什麼都沒有……讓我下去吧！」

「小黃，謝謝。」雷博士雙手抓住小黃的肩膀，將他從地板上拉起。「小黃，你知道我這一輩子最遺憾的事情是什麼嗎？」

「啊……是什麼？」

「那是八年前的事情了。」雷博士微微苦笑。「那是秦皇陵中的一個密室，我讓我最得意的一個助手，孤身走進了那個密室，從此……」

「啊，博士……」小黃猛然想起，八年前，就是那件悲劇，讓博士失望的退出了秦皇陵的挖掘工程，不過八年前，小黃尚未加入雷博士的考古團隊，所以他也只是耳聞這件事，並沒有親身參與。

「小黃，從那天開始，我就告訴自己，越是危險的地方，越要身先士卒。」雷博士拍了拍小黃的肩膀。

「小黃，我是非下『羊十號』挖掘場不可，你要不要幫忙都可以，我不強迫你。只是我最相信的人是你，我還是希望自己的性命，掌握在自己信賴的人手中吧。」

「……」小黃沉思了半晌，終於抬起頭，堅定的說：「博士，好吧。只是如果一有危險，我用纜繩，就算硬拉也要把你拉上來。」

「好。謝謝你。」雷博士微微一笑。「小黃，謝謝你。」

所有對考古有點認識的人都知道，要爬下『羊十號』這樣巨大的坑洞，其實是非常危險的。首先是構成這個坑洞是黃土土質，黃土是砂質含量極高的土壤，土質相當鬆軟易滑，不但讓攀爬者容易失足，更可怕的是，沒人知道它何時會崩塌。

第二，『羊十號』是一個缺乏調查的陌生坑洞，裡頭藏有什麼危險，沒有人知道。是不是蘊含著有毒氣體？極易爆炸的瓦斯？或者是螫人的毒蟲？這一切都是未知數，冒然下坑，是非常冒險的事情。

第三個原因，可能也是最危險的一個，那就是裡頭的『劍塚』。『羊十號』坑洞因為不明的原因，整面牆壁插滿了鋒利無比的斷劍，劍鋒林立，就像是一片步步危機的荊棘之海，雷博士只要一個失足，不單是皮肉受傷，而是斷手斷腳的大禍。

更何況，不知道何時降臨的狂風暴雨，更替這次『羊十號』的冒險，增加了一個不確定的危險因素。

雷博士在這個時候決定下坑，簡直就是找死神借膽，自尋死路。

不過，雷博士意志堅決，小黃自知無法改變他，只好盡力當一個稱職的助手。

一旦決定了，雷博士和小黃兩人，立刻開始一連串的準備工作，所幸雷博士和小黃原本就從事考古的工作，科技帳篷中工具應有盡有，像是防護衣，避免引發氣體爆炸的LED燈，小型的氧氣瓶，還有一些簡單的乾糧。

雷和小黃一起動手，等到全部的行李就緒，前後花不到兩個小時。

這時，小黃像是突然想到了什麼，他快步走進實驗室中，過了幾分鐘，當他出來之時，手上竟然拎著一把巨大的古劍，這把巨大古劍當然不用懷疑，正是雙劍中的雄劍『干將』。

「小黃，你這是……」雷博士訝異的看著小黃手上的『干將劍』，問道。

「博士，您帶著『干將劍』下去，保險一點……」小黃說道，他取出一塊特殊的塑膠布，一圈一圈，將干將的劍刃捆起來。

「帶這『干將劍』？」雷博士皺起了眉頭，說道，「『干將劍』如此珍貴，我帶下去了，如果有什麼閃失，那該怎麼辦？」

「博士，請您相信我，我總覺得您帶著一把古劍去安全一點……請您相信我一次吧！」

小黃注視著博士，懇切的說，「我記得，萊恩千辛萬苦爬出『羊十號』挖掘坑的時候，他曾經不經意的講出一句話，『多虧了這劍，我才能活著回來……』我猜您帶著它下去，會保險一點。還是那句老話，人比劍重要……」

「萊恩這樣說過？」雷博士沉吟了一會，點了點頭，「好吧，就聽你一次。我帶著『干將劍』下去，不過『莫邪劍』太重，我可就揹不下去了。」

「這當然，博士……請您……請您一定要平安回來。」小黃咬了咬牙，強忍心中的悲傷，將用布纏好的『干將劍』，遞給了博士。

博士接過了『干將劍』，心頭也是一陣激動，『羊十號』大坑底下，究竟埋了什麼樣的祕密？萊恩留下的口訊又是什麼意思？他是否能平安歸來，再見到蓮呢？

行李準備就緒，小黃走到帳篷外頭去發動工程車，工程車上，有著一千公尺長的鋼索纜繩，紮實的鋼索纜繩上頭，還纏著一條通訊電線，這是雷博士下坑之後，和地面通訊唯一的管道。

而雷博士則趁著這段時間，提起筆，寫了一封信給蓮。

信寫好之後，他小心翼翼的夾入自己的筆記型電腦中。

雷博士深吸了一口氣，右手按住胸口，濁氣下降，腦海頓時一片清明，所有害怕、恐懼、擔心、痛苦被他暫時拋出了腦外。

現在最重要的事情，是平平安安的從『羊十號』大坑中回來，而且帶回雙劍的祕密。

這才是最重要的！

# 014／羊十號挖掘坑 之二

當雷博士兩人到達了『羊十號』大坑時，並沒有工人在現場，原本就因為詛咒的傳言，讓工人們不願意來到此地，而雷博士又調走了僅存幾個看守的工人。

寬闊的平原，深不見底的大洞，狂風呼呼的吹著，黃沙飛揚，整個『羊十號』挖掘場，顯得孤單而淒清。

雷博士穿好了防護衣，防護衣可以保護他不被『劍塚』中銳利的古劍所傷，雖然未必真的有用。

他站在大坑前面，肩膀揹著厚重的裝備，『干將劍』則斜綁在他的背上，腰部和肩膀都緊緊捆著用來救命的鋼索纜繩。

雷博士看了看坑底，一陣陽光照耀下，無數劍光閃爍，美得讓人驚心動魄，卻也危險得讓人驚心動魄。

「小黃，下去之前，我跟你說一件事……」雷博士轉頭，對小黃微微一笑，「我必須說，這些年，和你合作實在太棒了！」

「博士……」小黃聽到博士這樣說，小黃喉頭好像被什麼東西給塞住了，久久不能說話。

「好了，我準備好了，放纜繩吧！」雷博士大喊一聲，「小黃，記得準備一箱香檳，等我回來慶祝吧！」

「好！就等您回來慶祝！」小黃也用力喊了回去，餘音繚繞，在這『羊十號』的坑洞前。

嘎嘎嘎嘎嘎……纏著纜繩的滾輪開始轉動，博士深吸了一口氣，右腳一撐，迅速的往下攀爬而去。

『羊十號』的大坑相當的深，按照萊恩爬過的紀錄，這坑洞足足有兩百五十公尺，而且沿路盡是凶險的古劍林立。

就算雷修行了二十餘年的中國武術，身手矯健，氣脈悠長，體力極佳。但是他爬起這座大坑，不一會，也是大汗淋漓，氣喘如牛。

他不由得佩服起萊恩這人，萊恩平常雖然吊兒郎當，一副玩世不恭的模樣，可是能孤身一人爬下這樣危險的大坑，表示萊恩絕對有過人的體力和膽識。

雷博士每三十分鐘休息一次，幸好牆壁上佈滿了古劍，雷博士兩腳踩在古劍上，再加上鋼索纜繩可以吊起他部分的重量，雷博士的休息完全沒有問題。

休息十分鐘後，雷博士繼續往下爬，偶爾抬起頭，只見原本明亮的天空越來越窄，黃沙滾滾的風聲越來越弱，他知道自己離地面越來越遠了。

越往坑底爬下，光線則是越暗，『劍塚』中的劍也漸漸隱匿在黑暗之中，危險係數也逐漸升高。原本反射著陽光，散出濃厚殺氣的古劍之林，變成了躲在陰暗角落，窺伺雷博士性命的殺人陷阱。

因為周圍逐漸黑暗，雷博士的防護衣，接連被陰森的古劍劃破，終於，他顧不得節省電池，打開了他的LED燈光。

LED的光源，非一般用鎢絲燃燒的燈泡，也沒有鎢絲燈泡耀眼，它的光，就像是我們平時所看見的交通號誌，雖然不刺眼，但是光線本身極具擴散力和穿透力。雷一打開光源，周圍馬上陷入一片幽綠色的LED光中。

綠光之下，所有的古劍都無所遁形，一清二楚的呈現出來。

加上雷又戴上了夜視鏡，周圍的景物頓時清楚起來，能夠看見眼前的景物，雷總算鬆了一口氣。

此時，他抬起頭，頭頂上的天空已經小到如一顆蠶豆般小了。

雷用力的吸了一口氣，雙手雙足並用，繼續往下攀爬而去。

在雷第八次休息時他發覺，他的周圍已經是一片漆黑，沒有任何一道陽光可以透入如此深邃的地底了。

雷莫名的感到一陣寒意，沒有了萬物賴以取暖的陽光，地底顯得又陰又溼，雷禁不住往下看去，只見坑底深不見底，漆黑一片。

洞底深邃不明，雷瞧得久了，那深深的黑暗，竟然緩緩的蠕動起來，變成一隻嗜血的黑暗怪獸，突然，怪獸發出一聲嘶吼，張著血盆大口，對雷直撲而來！

雷心中一驚，身體猛然一跳，背脊撞上了坑壁。同時，纜繩被雷這樣一帶，登時激烈搖擺起來。

纜繩一亂，雷被纜繩繫著的身體也跟著擺動，一個大幅度的甩動，竟帶著雷直往古劍上撞去。波的一聲，雷的手臂被古劍劃出長長的口子。

劇痛驚醒了雷，他猛然想到，這怪獸莫非就是中國武術所謂的『心魔』。魔由心生，那是因為雷的心中不定，才將黑暗化成了怪獸。想到此處，雷立刻閉起雙目，收斂心神，抱元守一。

終於，當雷心情恢復平靜，再度睜開雙眼時，怪獸已然消失。

雷用力喘了一口氣，檢視手臂上的傷痕，所幸防護衣甚厚，古劍雖利，但是穿破層層的防護衣後，也已經是強弩之末，只是稍微割破雷的皮膚，流出了一點點的血。

雷一咬牙，又繼續往下爬去。此刻，雷早已忘記了一切，他只是雙手雙足同時運用。

往越來越深……越來越深……的地底爬去。

太原挖掘場附近的旅館，蓮正一個人看著電視。

今天，蓮覺得特別奇怪，也不知道哪裡不對勁，就是全身無力，心頭沉甸甸的好像有什麼東西壓著。

奇怪？我在擔心什麼呢？蓮越來越不安，她走到了電話旁邊，撥出了一連串的數字。

她聽到自己胸膛怦怦的心跳聲，問著自己，「雷，你在哪裡？」

雷已經算不清自己究竟休息了幾次，也搞不清楚自己究竟爬了多久，他只覺得手腳痠疼，身上的汗水溼了又乾，乾了又溼，這樣乾乾溼溼，已經不知道反覆多少回了……

這『羊十號』大坑是無邊無際的黑暗，無窮無盡的古劍，已經讓雷精疲力竭，意識模糊，僅存的，是一股不屈不撓的意志。

一股思念蓮的意志，支撐著精疲力竭的雷，不斷不斷的往下邁進。

就在雷已經要喪失意識的一刻，突然，雷的右腳往下一踩，腳下竟然不是尖銳冰冷的古劍，而是更踏實、更柔軟的東西……

雷心臟猛然一跳。

難道……雷忍住發狂的心情，反而小心翼翼的，用右腳踩了踩，「那東西」又寬闊又平穩，絕對可以支撐他的體重。

然後，雷把他的左腳跟著放下，他腳底也傳來同樣的感覺，那是厚實而寬廣，令人懷念無比的感覺。

雷心情好激動，他深吸了一口氣，雙腳穩穩踩住，然後顫抖著，用雙手去撫摸地上的「那東西」。

沒錯！沒錯！細細粗粗的感受，不是沙子是什麼？

雷幾乎要狂喊出來，他腳下的「那東西」不是別的……正是「大地」啊！！！

終於……他到洞底了！他終於爬完了古劍林立，驚險萬分的『羊十號』大坑，到了坑底。

他成功了！

雷不敢大聲歡呼，因為他知道，大喊會在坑中產生回音，這『羊十號』的大坑地質脆弱，恐怕一個回音就會引起劇烈的崩毀。

所以，雷只是用力一握拳，慶祝自己完成了這次艱鉅的任務！

歡喜完畢，雷知道，還有更艱鉅的任務在後頭，他從背包中掏出一個大型的LED手電筒。對準前方，啪一聲，打開了電源。

就在這一瞬間，雷眼睛大睜，呼吸暫停，一幅震撼無比的畫面，就呈現在他的面前。

蓮在旅館內，面色憂愁的放下了話筒，因為剛剛電話響了十幾聲後，轉到了語音信箱。

雷沒帶著手機，也沒在科技帳篷，那他在哪裡呢？

蓮有些心煩意亂。

她發呆了一會，決定穿上了衣服，出門走走吧。老悶在房裡也不是辦法。

她悶悶的拿起鑰匙，推開旅館房間的門，然後她轉身，用手中的鑰匙將房門給鎖上。

卡的一聲，她聽到了鎖頭卡上的聲音，她將鑰匙收入了皮包中，吸了一口氣，準備轉身離去。

可是，蓮一轉身，眼前的畫面，就讓她嚇了一跳。

一個男人，不知道什麼時候，竟然站在她的面前，而且與她距離非常的近，幾乎是貼在她的面前，與她鼻子的距離，連五公分都不到。

這男子身材不高，細長的眼睛透著莫測的光芒，下巴一撮山羊鬍，正隨著他的笑容微微上翹著。

「雷夫人，我有榮幸邀請妳嗎？」

這是蓮陷入昏迷前，所聽到的最後一句話。

# 015／石門之謎

『羊十號』坑洞的底部，數千年來，埋藏在地底的最深處，沒有陽光，沒有雨水，更沒有任何生命的痕跡。

唯一存在的，是上萬把鬼氣森森的古劍，有如一群誓死捍衛領土的武士，環繞在坑底的四周，保衛著這塊神祕的禁地。

雷博士的考古團隊，設立『羊十號』挖掘場，原本只為了挖掘元朝時期留下來的古瓶。沒想到，在一個意外的情況下，無知的人們打開了這道深鎖千年的大門，在轟隆隆的黃土陷落中，這個被埋藏了上千年的祕密，隨著飄散在空氣中的古老氣息，赤裸的呈現在人類的面前。

雷，此刻，就站在這個千年祕密的面前。

矗立在雷眼前的，是一扇巨大無比的石門。

石門上極為宏偉，雷拿起手電筒，慢慢往上望去，卻見這道門一直往上延伸，隨著手電筒照的光圈不斷往上攀升，將近五層樓的高度，雷才看到了石門的頂端，剛好嵌入大坑的土壁之中，鬼斧神工的設計讓人驚嘆。

在這幽暗的地底見到這樣古老而巨大的石門，雷從心裡升起一股無以名狀的震撼。那是人類在面對如此神祕而且雄偉的力量時，一種最原始的恐懼。

而石門上，刻著繽紛而複雜的石頭雕刻，這些石頭雖然雕工不甚精美，但是所雕的動物卻是栩栩如生，張牙舞爪，彷彿就要破門而出。

雷將手電筒舉起，瞇起眼睛，細細端詳瞧著石門上的石刻。

讓雷訝異的是，一時間，他竟然無法分辨石門上的雕刻，究竟是何種動物？

左門的石刻是一頭如牛的怪物，但是牛頭上卻沒有牛角，牛身下方也只有一條腿，那條腿踏在滾滾的大浪之上，而牠的背景則是一月一日，日月間則是狂風暴雨。

以雷對中國文化的了解，他突然明白了，這是《山海經》中最負盛名的神獸，夔。

牛身而無角，一足，其聲如雷，軒轅黃帝殺之，以其皮為鼓，利用鼓聲大破蚩尤軍隊，從此夔威震天下。

雷眉頭微微一皺，石門這隻夔，和雙劍有什麼關連？為什麼刻在此處？

雷提起手電筒往右邊一照，右邊的石刻也頗為奇特，上頭刻的是兩隻鳥，兩隻緊緊相依，盤旋而飛的鳥。奇怪的是，每隻鳥都只有一片翅膀、一隻眼睛，和一隻鳥爪。

這兩隻鳥長得如此奇特，若非兩鳥相依，不然不能飛翔，如此一來，更顯出這一對鳥的感情濃厚，相親相愛。

雷登時想到，這是《山海經》中記載，名曰「蠻蠻」的飛禽，據說，只要見了牠們，天就會下大水。蠻蠻這名字也許不夠響亮，牠們真正人盡皆知的名字，卻是「在天願作比翼鳥」中的那對「比翼鳥」。

雷心中微微錯愕，這對石門上刻著兩隻《山海經》的奇獸，是為了什麼？他並沒有再深入思考下去，他知道大雨隨時可能落下，『羊十號』坑隨時會崩塌。所以他不能再耽擱下去了，於是雷從口袋中掏出了小型的數位相機，拍下了石門的各個角度。

當雷拍到一半的時候，突然，他手一震，險些握不住數位相機，因為他從數位相機那小小的螢幕中，赫然見到一個他似曾相識的名字。

這人來頭之大，名聲之響亮，是所有讀過中國歷史，都不可能不知道的大將軍。

雷趕忙趨前，拍掉石門上的黃土。果然，石門的角落上，竟然刻著這樣一行模糊的字跡：

「唐 郭子儀親封此門」

郭子儀？

雷腦海瞬間被滾滾的歷史知識給淹沒了。

郭子儀乃是唐朝一代名將，當年唐玄宗縱容奸臣又沉溺女色，導致安祿山、史思明兩位節度使擁兵自重，後來更引發了「安史之亂」，安史之亂就如同唐朝的一個分水嶺，硬生生切斷了盛唐光輝燦爛的日月王朝，從此邁入晚唐的衰敗與沒落。

當年安史之亂起，天下大亂，安祿山三十萬雄師，橫掃中原，連唐玄宗都攜家帶眷，連夜避難，唐朝的覆亡，幾乎已是定局。

就在安祿山的軍隊橫掃全國，勢如破竹之際，偏偏被一人的軍隊給硬生生擋住。這人以僅僅十萬兵馬，在太原一帶，擋住了安祿山的三十萬大軍。並且兩方在太原戰場上纏鬥了整整一年。以安祿山兵馬之強，軍容之盛，竟然遲遲無法突破對方軍隊，反而節節敗退。

而阻撓安祿山大軍踐踏全國的，不是別人，正是當時的天下第一名將，郭子儀大將軍。

這郭子儀和安祿山纏鬥的一年，後來更成為了左右最後戰局關鍵的一年。因為這一年，唐朝原本四散在各處，那些早被安祿山擊潰的勢力，得到了充足的時間休養生息，紛紛集結起來，對安祿山進行最後的反撲。

反觀安祿山，則因為郭子儀的纏鬥，失去了原本如虹的士氣，當各方勢力同時發難，正所謂兵敗如山倒，安祿山終於潰不成軍。「安史之亂」之所以得到平定，其中，郭子儀將軍厥功至偉，稱得上是唐朝中期的第一名將。

不過，郭子儀這樣的大人物，竟然會和這座『羊十號』大坑產生關連？這究竟是怎麼一回事呢？

郭子儀將軍？雷敲了敲腦袋，他決定不再思考下去，先過這個石門再說。

雷並沒有花多少時間，就找出通過這扇石門的方法，因為這扇石門並沒有關緊，兩道門扇之間，留有一個成年男子可以通過的縫隙。

雷遲疑了一下，他先從附近找了一塊大石頭，塞入兩道門扇的縫中，他想，如果突然發生地震，這塊大石頭也許能暫時阻止石門關上，替他爭取逃走的時間。

雷將手電筒對準前方，小心翼翼的爬過了石門縫隙。

踏進石門裡頭，雷發現，這裡竟然是一個寬大的洞穴。

一個古老而華麗的洞穴。

蓮醒來時，發現自己躺在一張舒適的大床上。

她不想睜開眼，因為這床不僅柔軟而舒適，空氣中還飄著一股不濃不淡，沁人心脾的香氣，蓮自幼出生在富有人家，她鼻子一嗅就知道，這是古老中國的極品黑檀香。

這黑檀香，還是她母親病中的最愛。

「雷夫人，您醒了？」

蓮原本不想面對的事實，還是被這一聲溫柔的關切給打破。

她睜開眼，看見一個身材矮胖的中年婦人，手裡拿著毛巾，身上穿著圍裙，正對蓮露出慈祥的微笑。

「妳……」蓮摸了摸頭，她突然想起了她被一個陌生的男子迷暈，但是奇怪的是，她的頭並沒有任何疼痛，不像書上所寫，當人類被強迫麻醉的時候，醒來會有頭痛欲裂的感受。

她反而覺得全身懶洋洋的，好像躺在冬天陽光下，那樣舒服，那樣讓人想進入夢鄉。

「雷夫人，主人有交代，如果妳醒了，請問妳願不願意和主人一起用餐？」那位慈祥的婦人微微一笑，說道。

「妳……妳主人？我在哪？你們綁架我了嗎？我昏迷多久了？」蓮猛然想起自己的處境，一急之下，問題像是連珠砲一樣射出。

「這些問題，等到妳見到了主人，都可以向他詢問。」婦人說道，「請問妳要用餐嗎？」

「……」蓮思索了一下，點頭道：「好。」

她有太多問題想要發問了，況且，她有一種奇妙的預感，這綁架她的主人，就算不是好人，至少是一個懂得生活享受的紳士。

與這樣的人吃飯，應該不會太辛苦才是。

呈現在雷眼前的，是一間寬闊而華麗的石室，為什麼說是華麗呢？

因為壁畫。

這圓形石室約有二十坪大小，等於一個城市公寓的面積。在它的牆壁上，畫滿了各式各樣活靈活現的壁畫，循著壁畫望去，就像是在欣賞一幕幕靜態電影，深刻而且靜謐，雷頓時有種古今合一，時空錯亂的奇特感受。

而且壁畫本身保存得相當好，也許是唐代的顏料技術已經相當成熟，為了使藝術得以保存，而壁畫的筆法不算細膩，但是一筆一痕都清晰有力，稜角分明，力道強勁得彷彿可以透石而入。這樣的運筆法……雷心中升起一股奇異的感覺，畫出這些壁畫的人，說是畫畫，還不如是運劍來得恰當些。

雷抬高手電筒，往最右邊的一幅壁畫看去，壁畫上畫的是一個巨大的爐子，爐中有塊青色的鐵塊，然後一個男人在底下搧火，一個女人縱身躍入火爐中。

雷心中一驚，下意識的摸了摸背上的『干將劍』，喃喃說道：「這不是雙劍的鑄造方法嗎？以人化鐵！那女子難道就是干將之妻，莫邪嗎？」

雷收斂激盪的心情，繼續移動手電筒，左方那一壁畫，則是描繪著一個男子半跪半蹲，對一位君主朝拜。特別的是，男子雙手捧著一把巨大的古劍，雷一眼就認出，那把古劍正是『干將劍』，而跪著的男子，應該就是鑄劍名師，干將本人。

「干將將劍奉上吳王，被吳王所殺……」雷點了點頭，這是他所熟悉的中國神話。

第三幅壁畫，則是繪著兩名男子一同坐在樹林裡，其中一個男子面帶愁容，手裡拎著一把細長的古劍，另一個男子則是彎身安慰。

「這面帶愁容的男子，應該是干將的兒子，赤，那另外一個男子呢？就是中國歷史上沒有說明的神祕術士嗎？」雷望著壁畫，自言自語的說道。

「這術士行蹤奇特，來歷不明，可以說是這則中國神話裡頭最神奇的部分。好奇怪，怎麼會有一個人突然跑出來幫助赤呢？」

雷將手電筒的光源移到那神祕術士的臉上一會，這男子雙眼細長，相貌不算俊俏，下巴有著一撇鬍子。雷沉思片刻，又移開手電筒，前進到第四幅壁畫。

第四幅畫，則恐怖得多，描繪的是一個大銅鍋，銅鍋中一個男子頭顱披頭散髮，怒目圓睜，咬牙切齒。而銅鍋旁邊，則是吳王目露凶光，瞪著頭顱直看，想要逼退男子頭顱。而這幅畫最驚悚的部分，則是在吳王的背後，那個神祕的術士，悄悄的舉起『莫邪劍』，要對吳王的頸子，一斬而下。

這幅畫透露著著離奇、詭術、兇殺，以及陰謀……在這深邃的地洞裡，襯著LED手電筒中幽幽綠綠的光芒，雷只覺得毛骨悚然，一陣陣陰冷襲過全身。

雖是恐怖，雷仍然忍不住多看了幾眼，他心中不由得讚嘆起這壁畫的畫家，只用簡單而清晰的構圖，就將這麼複雜的情景描繪出來。尤其是那直震人心的恐怖感，更讓雷又讚又怕，這位壁畫師父如果生在現代，肯定能成為享譽國際的恐怖繪畫大師。

而且壁畫上的人物，用的是中國古老的水墨畫法，線條簡單，偏偏每個人物一怒一笑，吳王臉上的憤怒和懼怕，赤臉上的狂怒和仇恨，還有……那神祕男子執行暗殺時，臉上閃過的一絲陰冷，都描繪得十分寫實逼真，雷幾乎可以想像出這些人原本的模樣。

只是，雷瞇起了眼睛，他總覺得這幅畫，讓他想起了什麼？好像上一幅畫也給了他相同的觸動。

他想了想，又將手電筒移回上一幅畫中，看了半晌，卻也看不出什麼端倪。

雷決定不再想下去，他只是聳了聳肩，繼續往下一幅畫邁進。

蓮在中年婦人的帶領下，穿過了長長的走廊，到了一個美輪美奐的豪華餐廳中。

蓮自小生長在富貴之家，對房屋擺設十分有品味，她一邊走著，一邊驚嘆，這屋子的主人究竟是什麼樣的人物？

從她剛才躺臥的房間，經過小小的走廊，到這豪華的餐廳，至少有二十項價值超過百萬的古物，其中還不包括那些超過蓮的知識範圍，但是任誰一見都知道價值連城的寶物。

蓮的腦海不由得想像起，這屋子主人的面貌。

這屋子的主人必定飽讀詩書，而且對中外歷史、古物、文化都相當有研究，因為擺設在他屋子裡的東西，沒有一項是俗物。

就像是剛才讓蓮既舒服又懷念的黑檀香，就是難得一見的精品，全世界只有在中國東北一帶有產，每年的總產量不超過二十公斤，當年，蓮母親還健在的時候，以蓮父親的財力，都只能勉強足夠蓮病榻上的母親使用。

如此具有深厚財力，又能收集如此齊全中國歷代古物的人物，究竟是個什麼樣的人呢？

蓮想著想著，不由得好笑起來。

因為她腦海中首先浮現的模樣，竟然是活了千年的吸血鬼伯爵，德古拉。

# 016／壁畫

雷看完了第四幅畫，走了幾步，來到第五幅畫的前方。

一看到第五幅畫，雷微微的吃了一驚，因為畫裡頭人物的服裝風格丕變，他喃喃自語道：「這可不是春秋戰國了……啊！這是唐代！」

只見這幅畫上共畫著四個人，右邊一人身穿唐朝將軍的服飾，器宇軒昂，頗有英氣，以雷對唐朝大將軍畫像的了解，加上剛才石門上的提示，他不難猜到，這位將軍就是郭子儀本尊。而郭子儀的後方，則站著一位相貌堂堂的年輕人，這位年輕人穿著副將的衣服，緊跟在郭子儀的身後，顯然頗受郭將軍器重。值得一提的是這年輕副將的背上，負著一把細長的紅銅古劍，不是『莫邪劍』是什麼？

壁畫畫師顯然對『莫邪劍』的外型下過工夫，他以毛筆蘸墨，從劍柄到劍尖，一氣呵成，畫中的『莫邪』劍氣凜凜，幾乎要破石而出。

而年輕人的身旁，又站著一位中年男子，這男子身著唐代的道士服裝，相貌不俗，下巴一抹山羊鬍，給人一種高深莫測的感覺。

第四個人穿著卻不是唐人服裝，倒像是外蕃的服飾。而且這人滿臉鬍鬚，鼻梁高挺，面目兇惡，依稀是被醜化的安祿山。

安祿山和郭子儀互相瞪視，兩不相讓，畫中顯出勢不兩立的關係。

雷忽然明白了，這第五幅畫，畫的正是『安史之亂』的時代背景！而其中的郭子儀和安祿山，更可能是針對安史之亂中最關鍵的一戰——太原之戰。

就是這場太原之戰，郭子儀拖垮了安祿山勢如破竹的氣勢，一代名將，也由此戰而生。

只是，雷停下腳步，注視了這幅壁畫甚久甚久，因為他又升起了那股不對勁的奇異感受，那是他在注視第三、第四幅畫之時，完全相同的感覺。

沒想到，這第五幅壁畫，也有這種感覺？

究竟是哪兒不對勁呢？

繪圖嗎？不對！時代嗎？不對！雙劍嗎？不對！服裝嗎？不對！不對！不對！都不對！

在這片陰暗無光的地底，雷無法抑制心中不斷湧出的困惑，這第三、四、五幅畫，似乎存在著一個神祕而共通的特點，讓雷一看就心裡惶惶，隱隱發冷。

但是，是什麼特點呢？雷端起手電筒，仔細撫摸這壁畫的每一個部分，每一個細節，偏偏壁畫本身巧奪天工，哪裡找得出什麼問題？

終於，雷嘆了一口氣，他放棄了。他轉到第六幅壁畫前，這壁畫所描繪的是一名女子，這女子有著及腰的黑髮，迎風飛舞，襯出女子飄逸出塵的傾城之美。而壁畫中的她卻是小鳥依人，躺在一名男子的懷中。

雷把手電筒往男子的臉上一照，啊！沒錯！這男子就是第五幅畫時，站在郭子儀身旁的年輕副將！

原來，這名男子和這長髮女子是情侶！

雷一移動手電筒，他意外的發現，這女子手上竟也有一把古劍，古劍巨大，殺氣騰騰，由蘸滿墨水的毛筆，一筆掃開，更顯出劍氣凌厲，這……這是『干將劍』啊！

畫中，『干將劍』和『莫邪劍』首次一起出現，竟然是在唐代的安史之亂？！這究竟代表著什麼意思呢？

而且雷也注意到，第六幅壁畫，並沒有給他那種「不對勁的怪異感」。

為什麼呢？這幅壁畫少了什麼嗎？

雷可以感覺到自己的心跳在這片黑暗中，越跳越快……

可是，雷依然沒有辦法找到那奇怪感覺的源頭，第三幅畫的兩位男子，第四幅畫的刺殺吳王，第五幅畫的安史之亂，究竟藏著什麼共通的特點呢？

雷依然找不到。

他只能繼續往下一張壁畫的方向走去，第七張壁畫，十分的不合理，乍看之下，雷還以為他眼花，看錯了。

因為，在上一幅圖仍然相親相愛的那對男女，此刻，卻是各自握住神劍，準備互相砍殺。

這是怎麼回事呢？剛才年輕英俊的副將，與這位長髮披肩的絕色女子，是什麼原因讓他們兵戎相見？

雷微微一愣，這幅場景他似曾相識，對！他想起來了！

蓮曾經描述過她的惡夢，一個長髮女子和一名身穿將軍服的男子，持著『干將劍』和『莫邪劍』互砍，雙劍互折，發生了驚天動地的大爆炸！

這第七幅壁畫描述的，正是一個大爆炸的畫面，一男一女雙劍互折，他們的背景，則是滿天飛舞的斷劍，血流成河的屍體。

雷屏氣凝神，繼續往第八幅壁畫走去，走到這裡，已經是圓形石室的盡頭，最後一張壁畫了。

雷拿手電筒一照，綠光閃耀下，第八幅畫，畫的是郭子儀穿著將軍服，指揮著手下一群工人，挖掘大坑，並在大坑周圍，插上一把又一把的古劍。

大坑的最底下，兩道劍光閃耀，正是被封入地底深處的『干將』與『莫邪』。

雷一口氣看完了八幅壁畫，同時也走完了整個石室，回到了起點。

他閉起眼睛，將所得到的資訊整理了一遍。

八幅壁畫，道盡了雙劍『干將』和『莫邪』的一生，從出爐，流浪分離，相聚卻斷裂，到一同沉睡……這兩千多年的歷史。

想到雙劍的故事，雷忍不住用手指輕輕撫過『干將劍』的劍刃，奇特的是，雷彷彿看見了『干將劍』發出淡淡的綠光，隨著雷的手指移動，緩緩的流轉著。

蓮在中年婦人的安排下，在餐桌前就坐完畢。

然後，在餐桌旁側的一扇小門被推開，一個男人走了出來。

蓮觀察著這個男人，這男人頭髮黑白參半，眼睛不大，細細長長的卻透露著一種吸引人的怪奇魅力，嘴角含笑，透露著強烈的自信。最大的特色，該是他下巴那一撮山羊鬍，鬍鬚微微上彎，讓人一見就難忘。

蓮看著看著，忍不住噗嗤一聲，就笑了出來。

男人拉開椅子，欣然坐下，興趣盎然的看著眼前的長髮美女，他笑著說道：「雷夫人，有什麼好笑的呢？」

「我笑兩件事。呵呵……」蓮一直笑著，忍俊不禁，就算是大笑，美麗的蓮仍然不減其豔麗的姿色，她說道：「呵呵……因為閣下有兩件事情實在好笑！」

「哦？哪兩件事呢？」男人微微一笑，「雷夫人是否願意賜教？」

「呵呵……對不起……呵呵……實在太好笑了……」雷夫人笑得岔氣，喘了幾口氣才說，「說到閣下啊，我看這屋子滿是珍奇異寶，昂貴古玩，而且古物的年代跨越了好幾世紀，而且每樣古物都是該時代的極品。我就猜想，閣下是何許人也？有誰可以活那樣久嗎？可以收集近幾千年的寶物？」

「喔……妳笑我活得太久嗎？」男子露出莫測的一笑，拿起餐桌上的高腳酒杯，啜了一口葡萄酒。

「可不是嗎？」蓮微笑，「我開始想，哪有人可以活了幾千歲？又擁有如此深厚的財力……所以剛才我就猜，屋子的主人是西洋的吸血鬼伯爵，德古拉？你說好不好笑？」

「德古拉？」男子眉毛揚起，做出一個誇張的驚訝表情。「雷夫人，哈哈，妳笑我是蝙蝠這樣的畜生嗎？」這句話一說完，男子臉色突然一沉，右手的玻璃高腳杯頓時碎裂，紫紅色的葡萄酒四下濺開，沾滿了他的右手。

「錯了錯了，閣下又何必動氣？」蓮處變不驚，雙眼直看著男子，「這可是對閣下您的讚美啊！第二件好笑的事情，就是我發現你壓根不是德古拉。」

「……」

「如果你真的是德古拉，怎麼會如此沒種？哈哈……沒種到不敢跟我先生硬碰硬，只能抓走我，藉此來威脅他！」蓮嘴角含笑，詞鋒依舊犀利，絲毫不懼男子的威勢。

「所以你第二件好笑的事，就是你的膽子比蝙蝠還要小。哈哈……你說好不好笑？」

男子睜大了雙眼，看著蓮一會，卻見蓮不但不怕，嘴角輕揚，臉上透露出對男人的輕蔑和對自己的自信。奇怪的是，這些情感在她精巧秀麗的五官上，不但沒有顯得醜陋，反而增添了一種獨特的韻味。

「呵呵……」男子不但沒有繼續發火，反而怒極反笑。「好個烈火女子，像！真像！哈哈，跟她真是像！」

「你說我跟誰像？」蓮一聽，忍不住問道。

「像我一個……朋友。」男子眼神閃過一絲不容易發現的哀傷，聲音放緩，慢慢的說道，「就連妳的這頭烏黑長髮，俏麗面容，還有寧死不屈，驕傲任性的個性，妳都像極了我那位朋友。」

「哼，像也好不像也好。」蓮輕輕哼了一聲，「我可不是來找你敘舊的，你要錢還是要什麼東西，快點開出來，讓我回去。」

「呵呵，我可不想跟妳拿什麼東西。對了！妳餓了吧？」那男子微微一笑，右手舉起，在空中噠一聲，「王媽，上菜啦。」

「不求我的東西？」蓮秀眉微蹙，說道，「那你幹嘛綁架我？」

「只是找妳來作客。」男子一笑，就在這時，王媽和另一名侍者，手裡捧著盤子，推門走了進來。

「小姐，抱歉，給您上個前菜。」侍者將餐點放在蓮的跟前，一陣清香隨即撲鼻而來，簡單的前菜沙拉，卻是色香味俱全。蓮是見過大場面的人，小時候跟著父親，也不知道吃過多少異國美食，山珍海味。眼前這道菜，連她都禁不住眼睛一亮。

只是，蓮一見到這奇怪的屋子主人，就莫名其妙的有氣，雖然心裡讚嘆著眼前的美食，口裡卻不饒人。

「作客？」蓮丟下叉子，故意冷冷的說，「你的作客方式未免太過新潮了吧？需要將人迷昏，五花大綁的捆到家裡嗎？你這是哪門子的作客規矩？」

「五花大綁？妳誤會了！妳覺得從昏迷到清醒，身體有任何不適嗎？我用的方式，可是最溫柔最善體人意的，妳不覺得清醒之後通體舒暢嗎？這可是擔心妳睡太久筋骨痠痛，特地叫人給妳按摩的。妳說，來我這作客，有啥不好？」

男子嚐了一口沙拉，看著蓮賭氣的表情，細長的眼睛露出笑意。

「想必是雷夫人不愛這道菜，王媽，叫人送走了！」

「喂！」蓮看著那道噴著清香氣味的前菜，又因為許久沒有進食，肚子早就在擂鼓了。

「喂！你這人真是奇怪，我有說我不吃嗎？本姑娘偏不給你面子，我就是吃。」

「謝謝雷夫人，承妳的情，不討厭本府的菜餚，這位王媽師承紫禁城中的御廚手藝，沒想到妳的面子，比當年的皇帝老子要大上幾分……」

「嗯……」蓮沒有說話，的的確確，這菜餚是沒話說，只是眼前這人讓她莫名的心煩氣躁，竟是說不上來的討厭。

強烈的直覺，從蓮很小的時候，就已經出現了。她常常莫名其妙的對某個臉孔、情景或是聲音，感到強烈的熟悉，似乎在她的記憶中，儲存這一份體驗，只是，蓮完全不知道自己是什麼時候體驗這些事情的。

後來她才知道，那也許是在夢中。

蓮很會做夢，也許因為從小體弱多病的關係，常常需要躺在床上，那時候，蓮最愛的事情，就是看著窗外做白日夢。

而且，愛做夢的蓮，也有種異常敏銳的直覺，敏銳到幾乎可以說是神乎其技，例如雙劍上的古文，蓮就是突發奇想，才發現這是「巫術圖騰」，而非「文字」。

而那場雙劍互折的夢境也是，蓮常常夢見這些，既真實又遙遠的夢。

而此時此刻，坐在餐桌上的蓮，看著眼前的男子，她心中那種奇特的直覺又出現了。

她對這男人很熟悉，真的很熟悉，只是這份熟悉中，卻帶著一股說不上來的氣憤。

蓮想著想著，直到思路突然被一個聲音給打斷為止。

「雷夫人，給您上第二道菜。」

雷夫人抬頭，只見侍者露齒一笑，禮貌的說道。

# 017／壁畫二

雷看完了八幅壁畫，他在石室中找了一個角落，盤腿坐下。

這一坐下，雷才發現自己的肚子，正發出擂鼓般的抗議聲。

算一算，他從『羊十號』挖掘坑爬下來，一直到現在看完壁畫，已經足足有十二個小時沒有進食了。

也難怪他肚子如此飢餓，雷從背包中拿出一個綠色的盒子，盒子中放著兩天份的乾糧。所謂的乾糧，不過是硬得要命的餅乾，然後附上幾包廉價的果醬隨身包。

雷並不是追求口腹之慾之人，但是他也不得不承認，如果不是在這樣伸手不見五指的洞底，他絕對不會去啃這味道像極了肥皂的乾糧。

雷一口氣吃了五、六塊乾糧，消除了腹中的飢餓感，他隨即盤腿打坐，將身體的疲倦，隨著體內氣流的運轉，一點一滴的消除。

眼觀鼻，鼻觀心，雷博士氣息逐漸悠長，進入了意識的最深處。

同時，八幅壁畫的故事，也像一部無聲電影一樣，一幕接著一幕，在雷的腦海中播放起來。

「雷夫人，這第二道菜美味嗎？」這男子微微一笑，溫和的問道。

「不錯！這牛肉肉質鮮美，脂肪入口即化，好好吃！」蓮吃了一口，鮮美濃郁的肉汁香氣，在她嘴中波一聲的散開來，蓮只覺得這一刻，幸福得可以忘記一切。

「是嗎？妳喜歡就好。」那男人依舊保持著那高深莫測的微笑，注視著蓮。

「嗯，現在才問這個問題，好像有點失禮，不過，我該怎麼稱呼你？」蓮吃到一半，突然抬起頭問道。

「我啊，我的朋友都稱我『劍叔』。」男人笑了笑，「如果妳不介意的話，也叫我一聲劍叔吧。」

「劍叔……為什麼叫劍叔？」蓮想了一下，「因為你很擅長用劍嗎？中國劍還是西洋劍？」

「因為我愛『劍』，愛劍成痴，其實我應該叫做劍痴，不過那些朋友敬我年紀大，稱我一聲劍叔吧。」男人說道，「至於我擅不擅長用劍，這問題我可以回答妳，首先我不會使劍，而且我對西洋劍沒有興趣，我愛的是中國劍，特別是古劍，尤其是年代久遠春秋戰國時期的劍。那時期的劍以青銅和赤鐵為主，古樸強韌。老實說，我認為戰國之後的鑄劍技術，就算歷經了數千年的改進，還是比不上春秋戰國的劍。」

「愛劍成痴啊……」蓮看著眼前的男人，心中奇特的憤怒感覺，雖然沒有因此而消除，卻因為聽到了『劍痴』這個字，對這名叫劍叔的男人，產生了一種複雜的感情。

這感情，似乎是同情，又是悲傷，更像是認識他很久很久了……

「劍叔，嗯，我這樣稱呼你應該還好吧？我先生也是喜愛古劍的男人，你們也許可以結交結交，而且你收藏了這麼多古物，我先生以考古為業，他一定會更加喜歡你的！」

「雷先生嗎？」劍叔微笑，「我見過他了。」

「啊？」蓮心中一驚，「你見過我先生了。」

「是的。」劍叔摸了摸他下巴的山羊鬍，嘴角揚起一抹詭異的微笑，「因為妳先生最近得到了一雙好劍，所以我特地去拜訪他。」

「啊！你知道這件事！」蓮有些訝異，他以為雙劍出土的事情，是絕對保密的，沒想到眼前的這男人，消息如此靈通，竟然會知道這件事。

「是啊，我跟妳先生談過，希望借雙劍一看，可惜被拒絕了。」劍叔眉頭緊皺，嘴巴一扁，刻意做出誇大的難過表情。

「這不能怪他啦……他的考古團隊最近好像不太安寧，常常被不法集團騷擾，嗯，不過你也算是不法集團，因為你綁架了我……」

「呵呵，我綁架妳，還得請妳吃大餐，給妳點上頂級檀香，還要受妳奚落，這樣還不好嗎？」

「這是好啊。」蓮露齒一笑，明豔動人，「只是實在不知道你真正的目的為何，讓人放心不下。」

「要說目的嘛，」劍叔一笑，「其實還是有的。」

「快說！」蓮將叉子前舉，開玩笑似的逼問這名男子。「綁架本姑娘所為何事？」

「事情是這樣的，雷夫人。」劍叔突然聲音放低，嘴巴貼近蓮的耳朵，輕聲的說，「妳相信前世嗎？」

「啊？前世！」蓮一聽，忍不住啊的一聲，叫了出來。

雷禪定中，心智清明，所有雜事皆被他排出腦海之外，正是思索那八幅壁畫的最好狀態。

前面四幅壁畫，毫無疑問，描述的是春秋時代，『干將』與『莫邪』的故事，這部分在流傳已久的中國神話中已有詳盡的記載，所以雷不費吹灰之力，就將這部分的故事串連起來。

引起雷好奇心的，主要是後面第五、六、七、八幅壁畫。

第五幅壁畫，畫的是『安史之亂』中的郭子儀將軍、安祿山節度使，還有揹著『莫邪劍』的年輕人，以及一個來歷不明的道士。

這幅畫，說明了一件事，就是雙劍和『安史之亂』有所關連。

至於雙劍扮演了什麼角色，光看壁畫，雷實在是什麼都看不出來。

第六幅畫，是兩個情侶相親相愛，雙劍分開流浪了千餘年，終於在這對情侶手上再度重逢。這幅畫中，無論是人或是劍，都流露著讓人會心一笑的幸福。

第七幅畫，卻是這對情人拿著雙劍互砍，更引起劇烈爆炸，這場爆炸，讓戰場上很多人因此喪生。

神奇的是，這和蓮的夢境完全相符，雷以前就常聽到蓮說，她自己擁有非常奇特的直覺。這點，注重理性思考的雷總是笑笑的不與她爭辯，只是說道：「女人的第六感，是為了男人而生的！」但是，雷此刻卻不得不承認，蓮這次的第六感，未免準得太可怕了一點。

他想到，也許真的有前世記憶，或是靈魂、宿命……等等這些類似心電感應的東西吧…

……雷雖然想到了這部分，卻不打算多想。因為他知道時間並不多了，像這種需要時間討論和證明的推論，只要留待離開『羊十號』挖掘坑再慢慢研究就可以了。

第八幅畫，也是最後一幅畫，則是郭子儀親率官兵，數千士兵胼手胝足，共同建了這個『劍塚』，並將雙劍封入此塚之中，從此，雙劍進入了長達千年的漫長沉眠。

最後一幅畫，解開了雷心中一個極大的疑惑，那就是「究竟是誰蓋了這個『劍塚』？」

這『劍塚』規模極大，既深且廣，而且施工者更在坑壁上插入了萬把古劍，這樣巨大的工程，雷早該猜到，若不是像郭子儀這樣的大將，動用了國家級的軍事力量，是很難完成的。

而且，萬把斷劍，對郭子儀這樣的大將軍來說，也是比其他人容易取得。畢竟太原是戰場，而且安史之亂期間，兵荒馬亂，烽火四起，大大小小的戰役損毀的兵器數量一定不少，郭子儀只要收集戰場上的兵器即可。嗯，更有可能的是，這些斷劍都是安祿山敗戰之後留下的。

所謂『兵禍連連』。有兵器就有戰禍，戰禍一旦開始，就是連綿不絕。郭子儀這一招『劍塚』，將上萬把兇器古劍，一口氣埋入地底，也不失為一個減少戰禍，確保國家太平的好方法。

只是，還有一點說不過去，郭子儀又為什麼要建造這樣一個巨大石門，石門上畫著山海經上，威力萬鈞的夔獸以及雙宿雙飛的比翼鳥，是要藉此鎮壓石門內的雙劍？還是試圖留下一個什麼樣的訊息呢？

雷繼續回想郭子儀的生平，郭子儀生平最大的功績，當然是安史之亂中，在太原一帶，以寡擊眾，連敗安祿山的大軍，守住了太原戰場，替唐朝爭取了翻身的機會。

甚至可以這樣說，唐朝如果沒有郭子儀，我們中國的歷史恐怕就要改寫了。

至於，郭子儀如何守住太原？史學家多半認為，最重要的一部分，是外族回紇的起兵相助。另一部分，則是郭子儀用兵如神，禮賢下士，所以全軍都願意為他一戰，因此寫下如此高偉的功績。

最後，還有一種說法，就是安祿山這人發起『安史之亂』，禍國殃民，逆天行事，所以手下的兵馬都不服他，所以許多人陣前倒戈，安祿山大軍只不過是一群紙紮的老虎。

但是，事實真的是如此嗎？

雷突然想起，以前他在大學上歷史課的時候，歷史老師曾開玩笑的說，郭子儀這場戰役，打得是驚心動魄，幾乎等於拿了所有的士兵下去大賭一場。而他之所以能成為一代名將，因為他完成了不可能的任務。的確，如果不是這樣艱鉅的任務，那誰都可以當一代名將了。

歷史老師曾分析，這安祿山自幼在馬鞍上長大，南爭北討，熟知戰爭之事，加上太原這地方，地勢平緩，實在無險可守，郭子儀就算用盡奇謀，照理說也無法逼退安祿山的大軍整整一年。

而且回紇人相助，人數也不多，要成為左右戰局的關鍵，實在太過牽強。

最後剩下的，卻是郭子儀的威信，讓安祿山的手下軍官自認理虧，願意節節敗退。

但是，光靠威信，真的能夠逼退兵馬？

不只是歷史老師不相信，連雷都不相信。

但是事實上，一代名將郭子儀的確做到了，據說他只要一站上戰場，敵人就會肝膽俱裂，望風而逃，幾乎已經到了所向無敵的境界。

雷心中升起了一個疑問，這中間，是不是躲著什麼不為人知的祕密呢？

這個祕密……雷的腦中，莫名浮現了第七幅壁畫，那幅雙劍互砍，引起了戰場上爆炸的壁畫……

太原地勢平坦，方圓百里內，沒有任何阻礙物，還有什麼地方，比這裡更適合發揮爆炸的威力？

所以說，『干將』和『莫邪』的互砍引爆，才是郭子儀逼退安祿山的祕密？

而且，深知這一切，又以天下蒼生為重的郭子儀，更為了日後的和平，選擇建立『劍塚』，並將雙劍這個祕密，永遠埋藏在地底。

這個理由，乍聽之下牽強，又實在富於幻想，缺乏理論根據。但是雷仔細一想，又覺得這個理由合情合理，因為無論是石門上郭子儀將軍的簽名，甚至是壁畫上描繪的內容，都指著相同的一件事，那就是「雙劍爆炸逼退了安祿山的軍隊」。

想到這裡，雷不禁打了一個寒顫，原來，萊恩從地底帶回來的，不只是兩把中國神話中的一對古劍，還是一個被塵封上千年的祕密！更是一個可以奪去萬人性命的殺人原子彈！

雷深深吸了一口氣，他緩緩起身，他現在還有一個重大的謎題要解開，那就是在觀看第三、四、五幅壁畫時，他心中升起的不安感，究竟是打哪來的？

這份讓他心裡發毛的不安之感，究竟是為了什麼？

雷知道，如果他找不出這感覺的源頭，以後的日子，他別想好好的睡上一覺。

# 018／前世

「我相信前世嗎？」

聽到對方這麼問，蓮先是一驚，然後眉頭一鬆，忍不住哈哈大笑起來。

「雷夫人，有什麼好笑呢？」劍叔一笑，說道，「所以妳是不相信囉？」

「不，我相信，只是……沒真的遇過。」蓮停止大笑，因為她發現了劍叔的認真態度，面對一個認真的人，用笑聲來取笑對方是不禮貌的。

「是嗎？」劍叔倒是不以為意，淡然一笑，「我本來以為，妳見到我，會有一種熟悉的感覺，甚至是……極度厭惡的感覺，難道是我看錯了嗎？」

「啊！」蓮大吃一驚，「你……你怎麼知道，我有這種感覺？」

「因為我曾經遇過一個女子，她和妳極為相似，相似到我以為，妳就是她的轉世。」

「我？轉世？」蓮的腦袋一片混亂，「可是這和我厭惡你，有什麼關連？」

「是的，有。」劍叔又是一個莫測的笑容，靜靜的說，「如果妳的前世就是那位女子，那我必須跟妳坦白說，當年，就是我一手害死妳和妳的愛人的，所以妳理所當然會怨恨我。」

「害死？」

「是的，妳的前世和那名男子，雖然在大爆炸中喪生了，但是對妳來說，也未嘗不是一種解脫吧？」

「啊……」蓮臉色瞬間煞白，因為她猛然想到了，她這幾日所做的夢境，那個雙劍互砍，引發大爆炸的男女，難道……那真的是她前世的記憶嗎？

她眼前這個奇怪的男人劍叔，究竟是一個胡說八道的瘋子？還是一個能夠透視前世今生的通靈人？

只聽到劍叔又接著說道，後面的話才是真正的驚人。

「我等著雙劍，等了這麼多年。唉……全怪郭子儀那個老混蛋，竟然知道我能感受雙劍的劍氣，竟然用了上萬把古劍組成『劍塚』，硬是封住了雙劍的劍氣，害我始終找不著它們，總算天可憐見，雙劍重光，哈哈哈哈！這表示我又將重新拿回雙劍了。」

蓮腦海一片混亂，她沒聽錯吧！

唐朝名將郭子儀？！劍塚？！劍氣？！

「你……你是誰？怎麼會認識郭子儀？你……究竟是誰？」蓮倏然站起，身後的長椅被她一撞而倒，發出砰一聲巨響。

「妳還不懂嗎？雷夫人，蓮，或是該稱呼妳為唐朝的柔兒？」劍叔細長的眼睛陡然睜開，綻放出詭異的色彩，精光暴漲，實在嚇人。同時他嘴角溢出一絲冷笑，陰陰的說，「哈哈，妳還認不出我？我就是追著雙劍，活了千年的不死劍靈啊！」

活了千年的不死劍靈！

蓮只覺得腦袋轟隆作響，前世今生的記憶紛雜交錯，有如一個巨大的漩渦將她整個捲入，她不能呼吸，不能呼吸了……

休息完畢，雷再度起身，拿起手電筒，細細的檢查著第三、四、五幅壁畫。

這三幅圖畫，一幅是畫著赤和神祕出現卻願意幫助他報仇的男子。

一幅是赤只剩下頭顱在滾水中掙扎，吳王即將被神祕男子斬頭的畫面。

最後一幅則是郭子儀、年輕副官、安祿山，還有一個神祕道士的圖樣。

雷看了許久，突然腦海一道閃電劃過，他知道這三幅畫的共通點了，這麼簡單的地方，他為什麼都沒有發現？！

這三幅圖，都共同畫著一個來歷不明的神祕男人。

雷全身顫抖，在這片坑底的黑暗中，他的手電筒光芒不斷抖動，慢慢的，移到了那男子的臉上。

幽幽綠光中，男子的面容清楚的呈現出來，一雙細眼，薄唇含笑，還有一撮奇特的山羊鬍。

雷全身發冷，如墮冰窖，因為這三張圖的男人，竟然是同一個！

三張壁畫跨越了春秋和唐代，其間相距了千年有餘，而這個神祕男人，竟然跨越了層層歷史，出現在雙劍的旁邊。

而且，當雷的手電筒掉在地上，發出砰然巨響的瞬間，他又明白了另外一件事，這才是他一見壁畫就隱隱發冷的真正原因。

真正原因就是——

這個男人，他不但親眼見過，還跟對方交過手，就在幾天前的科技帳篷裡。

「王媽！王媽！」劍叔嘴角冷笑，喊了幾聲，「這女人暈了，找人把她帶去床上躺著。」

王媽見著了昏倒的蓮，她面無表情，見怪不怪的招來幾個壯碩的漢子，把失去意識的蓮揹了起來。

「王媽，對了，我剛叫妳打的電話，妳打了嗎？」劍叔摸了摸他的山羊鬍子，問道。

「主人，已經打過電話了，那位叫做小黃的男人說，再過不久就會趕來，拿古劍來交換雷夫人。」

「嗯。很好。」劍叔嘴角微微上揚，「很好，『干將』、『莫邪』啊，你們夫妻雙劍，躲我躲了上千年，最後還是逃不出我的手掌心的！哈哈哈！哈哈哈哈！」

雷呆呆的站在這『羊十號』坑底的石室中，手上的手電筒摔落在地上，陰柔的LED綠光，像傾倒的綠色溶液般，灑落了一地。

雷用力的吸氣，吐氣，然後聽著自己的心跳從剛才爆炸般的速度，慢慢的，慢慢的沉緩下來。

老實說，雷自認活到了不惑之年，已經少有事情可以讓他如此困惑而害怕了。

蓮的大病，讓他哀傷欲絕；雙劍的出土，讓他興奮無比，而這一切感覺，卻都沒有此刻這項發現，來得衝擊和震撼。

一個活了千年的人，正活生生的站在他面前。

這一個人，也許不能稱作一個人了。

而且這男人打從春秋時代，就像鬼魂似的跟在雙劍的身旁，糾纏著雙劍的歷史，他出現得神祕，也神祕得可怕。

而且，這個活了千年的人，竟然還可以站在雷的面前，跟他用同一種語言，吃相同的食物，呼吸相同的空氣，甚至……還和雷打了一場架。

難怪，雷一見到他，就知道自己絕非對方武術的對手，對方可是活了好幾千年的老妖怪，雖然人的肉體，再怎麼鍛鍊都有其極限，但是中國人講的『練氣』卻是無窮無盡的，這個男人，就算心懷不軌，無心練武，這幾千年這樣活下來，恐怕氣也練到了前所未有的境界，普天之下，也找不到對手了。

萊恩是不是因為發現了這件事，才慌張的離開太原？被此人追殺，不得已才墜入山谷？

雷心念一動，突然間，他擔心起還在地面上的愛妻蓮的安危，對方如果要對蓮下手，可以說是簡單無比！雖然他在蓮的身邊，面對這樣的老怪物，恐怕也是於事無補，至少兩人一起，是生是死，也不會孤單。

「唉……我到底是怎麼了？」想到此處，雷用力拍了自己腦袋一下，「最近怎麼了！老是想到死！」

既然發現了這麼可怕的事實，雷的心中擔心起蓮的安危，他決定不再耽擱，他要回到地面，與蓮共同面對這樣一個活了千年的怪物。

可是，當雷收好行李，走到石門的前面，就要離去之時，彷彿臨別贈禮似的，他心中卻又升起了兩個疑問。

就在當他抓住了鋼索纜繩上的遙控器，準備通知小黃拉繩子之際，他下意識的看了他手腕上的電子錶，就在這一瞬間，他腦海升起了第一個疑問。

看手錶這種事，幾乎已經成為大多數現代人的習慣，在要做某件事之前，或是剛完成某件事之後，人們總習慣瞄一下手錶，確認一下正確的時間。

但是這一個微不足道的動作，卻讓雷心中升起了一股抑制不了的疑惑。

他看到了手錶上，標示現在的時間，是晚上的十二點，而雷是早上十點開始爬下『羊十號』大坑的。

換句話說，雷從一下坑到現在，總共才花了十四個小時。

那萊恩為什麼會花了足足兩天兩夜呢？一天是二十四小時，兩天是四十八小時，比雷多花去的三十四小時，萊恩在地底做了什麼？

雷有些疑惑，隨即，第二個疑問又在他心中升起。

萊恩花了四十八小時，爬回了地底，身上負著『干將劍』和『莫邪劍』。

對！！這兩把古劍被埋藏地底是不爭的事實，但是被埋在哪裡？為什麼他沒有發現放置雙劍的地方？

雷回過頭，注視著他正準備離開的石室，這間圓形石室，除了牆壁上八幅華麗而生動的壁畫外，就什麼都沒有了……

沒有可以放置雙劍的石架，沒有埋藏雙劍的痕跡，除非郭子儀當初埋藏雙劍的時候，隨便扔在石室的地上，任憑外人撿取，然後揚長而去。

以郭子儀的智慧，這當然是不可能的。

所以說，這間石室一定還有機關，也許還有一間密室，也許還有什麼密洞，才是真正安放雙劍的位置，這是郭子儀所設下，專門用來保護雙劍的祕密地點。

也是萊恩要花了整整兩天，才能回到地面的真正原因，萊恩在試圖破解雙劍的埋藏地點！

雷感到身體裡頭，考古的血液一陣沸騰，他是該留下繼續解開萊恩留下來的謎題？還是回到地面，和蓮一起面對，那個他們不可能擊敗的老怪物？

他的右腳就這樣停在石門前，遲遲無法跨出去。

# 019／心魔

小黃的吉普車，以時速一百公里的速度，在太原附近的道路上奔馳著，小黃駕車技術雖然高超，可是以如此極速，穿越小鎮街道，仍然險象環生，讓人一見就替他捏把冷汗。

小黃之所以會行若癲狂的開快車，其實是有原因的，因為他的心情此刻相當鬱悶，需要這種介於人體感官極限邊緣的速度，才能稍稍痲痺他一陣陣抽痛的腦神經。

他心中想著兩件事，第一件事，就是雷博士下了『羊十號』挖掘坑，已經超過二十小時了，而坑頂的天空，卻已經陰霾到讓人分不清是白晝還是黑夜，有如萬丈高山的層層烏雲，以泰山壓頂之姿，籠罩了整片天空。

小黃心中驚惶不定，因為他知道，這時節最大的一場狂風暴雨，就要傾盆而下，而雷博士卻依然生死未卜，困在『羊十號』之下，沒有一點消息。

而且，就在這個令小黃憂心忡忡的時刻，卻又傳來另一個雪上加霜的消息。

「雷夫人被綁架了！」

所謂的福無雙至，禍不單行，這一下，連小黃心裡都慌了。

對方要求雷博士帶著雙劍來換雷夫人，小黃卻知道，他不但交不出雙劍，連雷博士都不知道是生是死。

他只好自己硬著頭皮，打開古物實驗室，拿起僅存的『莫邪劍』，替雷博士赴這個約。

而『羊十號』那頭，小黃則交代其他的工人，隨時注意雷博士的狀況，如果天公真的不賞臉，下了雨，馬上啟動鋼索纜繩的滾輪，就算是硬拉，也要把雷博士從坑底拉上來。

小黃心中越想越悶，越想越煩，他腳下的油門也越踩越深，隨著吉普車激起的重重黃沙，他越來越靠近了那綁匪指定的地點。

現在是早上八點，距離雷博士進入坑中，已經二十二個小時。

雷博士沒有離開『羊十號』坑，他選擇了留下。

因為他決定要孤注一擲，因為他心中有個奇怪的預感，他並沒有真正解開雙劍最後一個祕密。

圖騰中，何謂『陽』？何謂『陰』？

如果那「古文明與現代科技公司」的神祕男子，是千年劍靈的事情屬實，那他在人間遊蕩了幾千年，竟然不死，必然有他的目的性，同時，也有他無敵的能力。

這無敵的祕密，必然和雙劍有關。

雷博士知道，就算他現在爬回『羊十號』的地面，也是於事無補，因為他知道自己沒有任何方法對付這樣一個怪物。

無論是比財力，比武術，比力量，對方如果真的心懷不軌，雷和蓮都只有任憑宰割的份。

所以，他必須留下，他必須冒險找出雙劍最後一個祕密，賭上一切，希望這也是可以拯救他和蓮的祕密。

此刻，他站在石室的中央，石壁上八幅圖畫環繞在他的周圍。雷深陷在一片無光的黑暗中，思索著埋藏雙劍的祕密。

剛才他用LED燈，很仔細的搜尋過整間石室，非常厚實的石壁構造，的確沒有任何縫隙，可以藏匿雙劍。

而地底是厚實的黃沙，以雷博士對考古的經驗，也沒有任何挖掘過的可能，唯一的可能，是石壁的天花板。

但是石壁的天花板，跟石門同高，換句話說，它有足足五層樓的高度，這樣的高度，別說修行過武術的雷爬不上，他也不相信萊恩可以像隻壁虎似的，溜上這樣光滑的石壁。

那，雙劍原本到底藏在哪裡？

雷就這樣站在石室中央，思考了數個小時。

為了節省電力，他甚至切掉了LED光源，盤腿深思。

黑暗是適合思考的，雷想著這個謎團，想著蓮的病，想著那個神祕男子，想著自己的一切……突然間，他分不清楚他是睜開眼睛，還是閉著眼睛，因為都是一片伸手不見五指的絕對黑暗。

只是他看到，或是感覺到，他面前的黑暗，又再度蠢動起來。

黑暗的蠢動，就像是冰塊融化般，溼溼黏黏的，一滴一滴從牆壁中滲出來，然後這些融化的黑暗，就沿著地板和天花板，不斷的往雷的方向爬過來。

雷盤腿而坐，他感覺到他屁股和雙腿，涼沁沁一片，蠢動的黑暗在雷的身邊，越聚越多，逐漸淹沒了他的身體。

黑暗先是淹過了雷的雙腿，然後是腰部，接著是胸部、手臂，逐漸逼近了雷的咽喉。

雷心中越來越驚，腦海中的記憶，關於蓮，關於他自己，關於考古……也越來越紛亂。

突然間，雷腦海響起了他第三個武術師父曾跟他說過的話，「我們學武的人，練身也練心，心練到一個極限，『心魔』就會出現，『心魔』會出現，都是因為練到了一個重要關卡，關卡越大，『心魔』的威力也越強！

「多少武術大師沒能過『心魔』這關，從此瘋瘋癲癲，半身不遂。

「當然也有人一輩子庸庸碌碌，從來沒碰過真正的『心魔』。說真格的，『心魔』其實就像是一個足球的守門員。要遇到守門員，你得有能力突破重重的關卡，運球到球門，但是『心魔』也是最後最強悍的一堵高牆。破了『心魔』，你就得分，『心魔』沒破，數十年的修為毀於一旦，也沒什麼好說的。

「你問心魔什麼時候來？這可說不準，有人是半夜驚醒，突然遇見了自己的心魔。有人是在吃著午餐，突然心魔來了。當然，心魔最可能在人面對重大抉擇和內心迷惘的時候出現。

「這時候，切記切記，魔由心生，心魔是你自己創造的，自然能由你破解它。」

雷心中一震，他想起了『心魔』，同時間，那股濃稠而冰冷的黑暗，也爬過了他的嘴巴、鼻子，將他整個人淹沒了。

雷覺得自己無法呼吸了。

黑暗，無邊無際的黑暗，波濤洶湧，將他整個人給吞噬掉。

他揮舞著雙手，想呼救卻發不出聲音，突然間，他看見眼前出現了一名男子。

這男子在石室的中央無聲無息的出現，乍看之下，讓雷心裡一陣發毛。

這男子身材高大，背對著雷，身穿唐朝的將軍服飾，雄壯的背影中，顯出一股英雄無敵的氣勢，只是這份氣勢中，卻又混雜著無法言喻的哀傷落寞。

男子右手握著一把古老的紅銅色巨劍，右手斜斜下垂，劍尖抵地。

雷覺得自己的心跳正在加速，因為，他已經認出了這男子是誰。

壁畫中，唐朝的那名男子，他手持『干將劍』，以背影出現在石室中，顯然來意不善。

雷心中想起，是他的『心魔』化成了這男子？還是這男子化成『心魔』出現在他眼前？

不過這一切都不重要了。

因為那男子已經緩緩轉身，他英挺的眉目，竟然和雷的容貌有幾分相似，只是少了雷下巴的連鬍，還有多了一份久經戰場的精練剽悍。

「你，拔劍吧。」男子將手中的干將舉起，指著雷。

「……」雷緩緩起身，鏗鏘聲中，他拔起了背上的『干將劍』。

「喝！」男子雙手持劍，右足往前邁去，他手中的『干將』化成一道兇猛的紅光，對著雷直砍過來。

雷屏氣凝神，雙手用力，手中的『干將』劃破了黑暗，迎上了對方的紅光。

兩把『干將』交擊，迸出紅色的火花，將黑暗的石室瞬間照亮。

當小黃攜著僅存的『莫邪劍』來到約定的地點時，劍叔已經帶著蓮等候已久了。

不過，此刻劍叔的臉，卻是難看無比。

因為他發現了一件事，讓他本來滿滿的自信心受到了巨大的挫折，那就是少了一把劍，只剩下一把『莫邪劍』而已。

『莫邪』還在。而『干將』卻憑空失去了氣息，這世界上能讓劍叔感覺不到的地方，除了郭子儀設下的千年『劍塚』，還有哪裡有這樣的能力？

那就是說，雷博士竟然帶著『干將』冒死下了『羊十號』坑洞？

該死！劍叔心中升起了一股不好的預感。

『羊十號』坑洞的上方，起了大風，這風溼氣十足，彷彿昭告著這片太原的黃土，一場兇暴的狂風大雨，就要降臨大地。

而『羊十號』的坑底，圓形石室裡頭，雷博士右手虎口迸裂，鮮血沿著他手上的『干將劍』，流過劍尖，一滴一滴落在地上。

雷對自己的劍術向來有十足的信心，除了父親和他的師父，他自認自己的劍術，是沒人能匹敵的。

不過，雷心裡卻十分明白，自己的劍術再強，也打不贏眼前的男子。

這男人的劍術雖然不錯，卻未必比雷還要精湛，而男人之所以強悍，卻是因為一種比劍術更重要的東西，那是在戰場中，不斷磨練出來的『求生意志』。

這樣的意志，讓兩把『干將』每次相擊的瞬間，雷的身體都會隨之一震，幾乎握不住手中的劍。雷修煉武術，講究的是招招留力，這樣可以給敵人一種無形的精神壓迫，讓敵人無法預估自己的實力，或者是自己接下來會有什麼樣的劍招。先摧毀敵人的精神，然後再慢慢的將敵人給擊退。

但是，這名來自唐朝戰場男子的劍，卻不是。

他的劍是從生死相搏中的戰場中磨練出來的，戰場上，面對洶湧而來的敵人，你只能選擇砍殺眼前的敵人，或是被敵人砍殺。

稍一遲疑，你就會被周圍一片刀光劍影給絞得支離破碎。

是生是死，都只是一瞬。

所以雷敗得合情合理，賭命的劍，和修煉的劍，原本就不同。

「你，不會贏。」那男子右手持劍，比著雷。

「不，還早。」雷站起身，手中的『干將劍』舞動，用盡全力，對著那男子削了下去。

「你的劍，是為了勝利。」男子揮動手中的『干將劍』，輕鬆擋下雷的全力一擊。

「你沒想通，『干將』和『莫邪』從爐裡誕生的原因，你的劍只有仇恨和恐懼，不可能贏我。」

「什麼？」雷的劍受到對方的反制，一股巨大的反震力，讓雷往後退了好幾步，差點連劍都抓不住。

「雙劍的誕生，是為了保護。」男子一邊說著，一邊揮動著手上的古劍，對著雷刺去。

雷避之不及，倉促之間，只能以劍柄為盾，擋住對方的刺擊，鏗的一聲，雷身軀往後跌去。

「保護？」雷嘴角淌出鮮血，緩緩流下，剛才雙劍相交的衝擊，將雷的牙齦震出了絲絲的血痕。

「對！就是保護的心情！干將鑄劍師當初在鑄這兩把劍的時候，隨著他每次鼓動風爐，每次舉起鐵鎚錘擊劍身，他真正的心意，也會傳遞到劍中。」男子說道，「干將他是為了保護他的妻兒，不受吳王的殺害，一點一滴將這把劍給鑄造起來，你懂嗎？這樣極度渴望去保護他人的心情，你懂嗎？」

「……」雷一邊狼狽的閃躲著男子的劍，一邊心情激盪得說不出話來。

「而干將妻子莫邪的心情，你又真的懂嗎？愛人的生命，就繫在這兩把劍的成敗之中，莫邪甘願犧牲自己的性命，跳入劍爐，就是要成就丈夫的雙劍。」男子猛劍揮舞，越揮越狠，雷也越躲越狼狽，砰一聲，雷的背脊撞上了石壁，他退路盡封，已經避無可避了。

這時，男子雙手高舉古劍，對沒有退路的雷，直砍而下。

男子高聲怒吼道：「雙劍的力量！你懂嗎？你真的懂嗎？為了保護愛人和犧牲的心情，你真的懂嗎？你不懂，又有什麼資格拿這兩把劍？」

「……我不懂！我是不懂雙劍的力量！」雷也發出怒吼，他提起手中的『干將劍』，使盡最後的力量，迎上男子手中的『干將劍』。

「可是我知道保護和犧牲的心情！為了蓮，我寧可犧牲自己！我也要保護她！」

為了蓮！就算犧牲了自己，我也無所謂！我懂！我懂啊！

雷發出聲嘶力竭的怒吼。

瞬間，兩把『干將劍』用盡全力的碰觸，令人意外的，沒有發出金鐵鏗然的巨響，也沒有激起耀眼的火花。

因為，男子手中的『干將劍』在交擊的瞬間，忽然消失了。

而剛才兇神惡煞般的男子，被雷的『干將劍』整個劃過，不過他並沒有噴出駭人的血漿，也沒有身首異處血肉模糊。他的身體只是慢慢的褪色，就像是沾了水的顏料般，逐漸的模糊起來。

「啊……」這一瞬間，雷知道自己擊潰了他的『心魔』，卻莫名的感到一種失去好友的惆悵。

「雙劍的最後祕密，就在……」男子身軀漸漸消失，他先是微微一笑，然後眼神游移，往一個地方看去。

「雙劍的最後祕密……」雷心中一驚。

「是的，請不要忘記揮舞『干將劍』時，想著那種要保護他人的心情……」男子留下這句話之後，微微一笑，就完全消失了，黑暗中，蕩漾著的，是男子臨去前釋懷的微笑。

雷的眼睛順著那男子最後的眼神，慢慢的看去，映入雷眼簾的那幕畫面，讓他一直緊握在手中的『干將劍』，砰一聲掉落在地上。

這一瞬間，雷才恍然大悟。

好個郭子儀！竟然如此高明！將雙劍藏在這樣一個地方！

因為藏雙劍的地方，根本不是在石室中。

而是石室外頭的巨大石門中，由夔和比翼鳥這兩種山海經的神獸，緊緊的守護著。

原來，雙劍就藏在這兩座石雕中。

「我已經把劍帶來了，你要依約放走雷夫人！」小黃怒道。

「是嗎？你回去跟雷博士說，我要的可是雙劍，等他拿來『干將劍』，我再放人！」

「放屁！」小黃怒道，「你把我當三歲小孩嗎？」

小黃一說完，轉身就跑，他知道談判不成立，繼續留著是相當危險的，他抓起『莫邪劍』，就想回到吉普車。

「對我來說，你的年紀比三歲還不如！」劍叔一聲冷笑，摸了摸他下巴的山羊鬍，同時身影一晃，剎那間就追上了小黃，右手搭上了小黃的肩膀。

小黃大吃一驚，還沒來得及回頭，只覺得右肩又痠又麻，像被灌入了鉛水，動彈不得。跟著撲通一聲，急奔中的小黃重心不穩，整個人摔在地上，手中的『莫邪劍』也跟著脫手，沉重的『莫邪劍』摔在地上，鏗鏗兩聲，把地板撞出了一大洞。

劍叔抬起右腳，輕輕一踢，踢中小黃的暈穴，小黃登時暈了過去。

然後劍叔慢慢的蹲下，拾起了地上的『莫邪劍』。

注視著莫邪劍，他臉上溢出一絲陰冷的笑容，笑容卻是十分詭異，簡單的一個笑容，卻包含了悲傷和滿足……複雜的情感。

他右手拿著『莫邪劍』，左手的食指和中指併起，撫摸著劍身，從『莫邪劍』的劍柄，沿著劍刃，慢慢的滑到了劍尖。

他的指尖，如此輕柔，如此眷戀，說是對朋友，更像是對著失散多年的愛人。

只是劍身尚未摸到底，劍叔的臉色忽然一變，額角上的青筋隨之暴露出來。

因為他覺得右手炙熱無比，『莫邪劍』竟然綻放出嚇人的青綠色光芒，劍身滾燙，就像要逼劍叔放手似的。

「妳……」劍叔怒極反笑，「妳得意不了多久的……等到『干將』也到手，我就讓你們雙劍合而為一，成為我的一部分。」

「雙劍原來就藏在這兩座巨大的石雕中？」雷拿起手上的LED燈，慢慢的走近了石門。

可是，才前進了幾步，雷就感覺到他身體的異樣。

沒錯，是一種異樣的感覺。

每一個舉手，每一個邁步，甚至每一條肌肉拉動，每一個神經衝動，雷都覺得自己與以前不同了。

是他的武術造詣，又更上層樓了。

那是一種很奇異的感覺，好像用了幾十年的老車，剛換上一顆全新的超級引擎。明明是相同的方向盤，相同的油門踏板，相同的手煞車拉桿，椅墊上菸蒂燙過的痕跡也完全相同，但是只要駕駛人一轉動鑰匙，發動車子，他就會知道，車子不同了，一切都不同了。

並不是瞬間提升了自己的力量、速度，或是武術的動作，那些並不是一蹴可幾，那些仍需要時間慢慢的鍛鍊，慢慢的增強。

雷的感覺，反而像是打開了一個全新的世界，他體內的潛能無限提升了。

這就是『心魔』嗎？也許這裡久藏雙劍，又有上萬把古劍鎮守，靈力極強，才讓雷在這裡引出了『心魔』，更讓他從此得到了武術上的關鍵突破。

這一切，都像是一場大夢。

雖然是夢，卻又真實無比。

雷想著想著，已經走到了石門之前，兩尊巨大的石雕，矗立在雷的面前，石雕怪獸面孔猙獰，張牙舞爪，彷彿就要破石而出。

黑暗中，面對這樣栩栩如生的怪獸石雕，雷不似初時那樣恐懼，也許是因為擊敗『心魔』，讓他的心境修為又得到了新的突破，現在他只是淡淡一笑，舉起手電筒，綠色的光芒照在石雕上。

剛才雷沒有仔細觀察這兩座石雕，現在懷著一種「相信裡頭必然藏著祕密」的心情去觀察，果然，不一會就發現了石雕特異的地方。

石雕中，夔獸的單足下，有著類似插槽的缺口，雷初時以為，這道缺口，是石門擺設了千年之後，自然造成的損傷。

不過，現在看來，這應該是藏放雙劍的地方。

雷又走到另外一個石雕前面，這是刻著兩隻單翅怪禽的比翼鳥石刻，雷仔細觀察，果然，他在鳥足的附近，距地面一百公分的高度，也有一個相同的缺口。

缺口並不明顯，隱隱約約，就像是雕刻的石匠不小心砍破的痕跡。

雷提起手電筒，望缺口的深處照去，裡頭幽幽暗暗，看不見內部的模樣。

雷突然想到，如果他把背上的『干將劍』置入缺口中，會發生什麼事呢？

在強烈的好奇心驅使下，雷卸下了『干將劍』，劍尖放在夔獸腳下那個缺口中，手一推，『干將劍』和缺口大小完全吻合，咻的一聲，『干將劍』就這樣滑了進去。

看著劍慢慢滑入洞中，雷的心怦怦的跳著。

「鏗！」的一聲，劍尖撞上了缺口的底部，只露出一點點劍柄在外。

雷屏氣凝神，靜待了幾秒鐘，直到他感到他掌心的手電筒，因為他不斷流出的手汗，而變得溼溼滑滑，差點滑落在地上。

他才猛然驚覺，然後用力吸了一口大氣，因為剛才太過緊張，忘記了呼吸這件事。

「看來是沒事……」雷一邊自言自語，一邊伸出左手想要把『干將劍』拔出來。

滋滋……

就在他指尖要碰上劍柄的瞬間，他猛然一頓，他看見了『干將劍』竟然冒出淡淡的白光，然後白光越聚越多，盈滿了整個放劍的缺口，同時，滋滋的聲音越來越響亮。

雷眉頭一皺，這白光……怎麼好像……

好像電？

就在雷疑惑之際，白光猛然從缺口溢出來，雷心中一驚連忙退了幾步。

溢出的白光好像被設好了路線，以極快的速度沿著夔獸的石像，不斷往上攀爬，碰到了石門的頂端後，白光滋的一聲往右爬去，碰到了石門的另一頭，又往右爬去……

不到一秒鐘的時間，白光爬滿了夔獸石雕，在白光的籠罩之下，原本就兇悍的夔獸，好似從遠古時代復活了，它怒目圓睜，肌肉紋理清晰無比，就要衝出這座石頭牢籠。

雷心頭一驚，不自覺的又退了一步。

白光將夔獸環繞之後，滋滋兩聲，又轉向另一道石門，有著比翼鳥的石雕。

白光進入了另一扇石門，同樣循著一條不知名的路徑，環繞著石門兜轉，白光閃耀，只是短短的一瞬，比翼鳥同樣被白光給佈滿，在雷看來，那對巨大的鳥翼彷彿已經開始拍動，鳥爪肌肉鼓起，眼看就要撞破石門，飛天而去。

而且，更可怕的事發生了，這扇石門在白光的驅使下，竟然輕輕的晃動起來。

看見石門開始移動，雷的驚駭無以復加，他想到的是，難怪這麼沉重的石門可以被推開，難道雙劍的白光可以供給它能量嗎？

而讓雷害怕的，只要石門一關起來，是不是就表示，雷要被一輩子關入這個石室之中！

他瞬間做出反應，他往前跨出一步，右手有如閃電般伸出，眼看就要握住『干將劍』。他打算將劍給硬生生拔起，雖然他知道白光可能非常危險，可是管不了那麼多了！

他不能被困在這裡！還要回到地面！那裡還有他摯愛的蓮正在等待他！

可是，雷還沒碰到劍柄，就突然一愣，停止了動作，因為眼前讓他驚訝的事情又發生了。

白光注滿了比翼鳥的石雕後，一直到達比翼鳥的足部，原本行進如電的白光，卻陡然停住了！它剛好停在另一個放劍的缺口，也就是本來應該放置『莫邪劍』的位置，白光沒有辦法再連貫起來，因為那個缺口，少了一把『莫邪劍』！

於是，白光開始消失，從『干將劍』的缺口開始，循著原來前進的路徑，一路減弱消失，先是環繞夔獸的白光消失，然後是環繞比翼鳥的白光消失。

最後，白光像是被吹熄的火柴一樣，咻一聲，在『莫邪劍』缺口的前方，完全熄滅了。

同時，整座石門，整個地底，也剎那間恢復了原本的黑暗。

黑暗中，只剩下全身大汗淋漓的雷，帶著驚魂未定的錯愕，呆呆的望著石門。

過了幾秒鐘，雷才從剛才的震撼中恢復，他馬上就聯想到，『雙劍最後祕密』到底所指何事？

首先，『干將劍』和『莫邪劍』擁有巨大的能量，能量之大，甚至可以用來開關這座上萬噸的巨型石門！

而且在這石門的設計上，『干將劍』是能量的起點，能量以白光的形式，從『干將劍』開始，最後到達『莫邪劍』。這樣的白光，以雷的科學知識，實在很像是人類從數千年，就從雲雨中發現的自然能量……沒錯！就是雷電！

最後，雙劍圖騰中的『干將劍』屬『陰』，而『莫邪劍』屬『陽』究竟代表什麼意思？

能量？白光？雷電？陰？陽？

這片黑暗之中，是完完全全的靜謐，沒有任何的聲音，所以雷清楚的聽到了自己的心跳聲音。

怦怦……怦怦……怦怦……怦怦怦怦……怦怦怦怦……怦怦怦怦……怦怦怦怦怦怦……

雷瞬間腦海出現的想法，讓他連呼吸因此停頓，因為這解釋太過玄奇！偏偏又如此合理！

雷想到的是，這個『陰』或『陽』，只要在字後頭，加上另一個字，一切解釋就會完美無缺，祕密也就完全打開了。

『陰』後面，應該加一個『極』才對！

『陰極』！

還有，『陽極』！

『干將劍』是『陰極』，而『莫邪劍』是『陽極』！

陰極放電，陽極收電，所以剛才是由『干將劍』放出電能，而最後流向『莫邪劍』，可惜缺了一把『莫邪劍』，電路沒有完成。不，不能說可惜，雷搖了搖頭，如果電路完成，他恐怕就要永遠被關入石室了！

換句話說，推動這扇石門，其實就像一座巨大的『電池』，雙劍就是它的兩極。

難怪歷史上記載，雙劍如果分離，會悲鳴而且互相吸引，有如一對摯愛的夫妻！因為『陰極』和『陽極』之間，本來就存在這一股自然的吸力，雙劍因此悲鳴，也是一種電流的自然現象。

當初用來鑄造雙劍的那塊隕石，也許本身就是一個蘊含足夠能量，完整的兩極體，可是沒想到，莫邪一躍入劍爐，卻讓兩極體發生了化學反應，『陰極』『陽極』因此分開，讓雙極雙劍從此誕生！

最後也可以解釋，為什麼雙劍互擊會造成巨大的爆炸，蓮在形容她夢境中雙劍互折時候的慘烈畫面，就是一道驚心動魄的白光四處流竄，將所有的生靈吞噬，她所說的白光，不是電能是什麼？

而雙劍互擊，就像是將擁有巨大能量的『陰極』和『陽極』碰觸，這一瞬間會讓兩者的電阻化為零，換句話說，電流就是無限大！無限大的電流，會引起劇烈的爆炸，況且，雙劍本身蘊含的電能又是如此驚人，爆炸當然更是嚇人。

這剎那，雷腦海一片清明，他把雙劍諸多奇異的現象一口氣解開。解開積鬱在心頭已久的謎團，竟讓雷全身脫力，砰一聲，他坐倒在地上。

他坐在地上，呼呼的喘著氣，既然知道了雙劍是電極的祕密，下一步，要救蓮的性命，就可以用科學的角度下手，也算是一道曙光了。

「哈哈哈哈哈……」想到這裡，雷心頭一陣輕鬆，忍不住仰頭大笑起來。

他一邊笑著，一邊拿起手上的LED手電筒，慢慢的爬起身，是啊，他要回去了，『羊十號』坑底的祕密已經完全解開了，接下來就是要面對活了上千年的劍靈，和克服蓮的疾病了。

雷拿起手電筒，打開燈光，幽綠的光芒閃了幾閃，在這片無光的地底中，映出一片碧綠的天地，雷首次感到完成任務的輕鬆和滿足。

走到了劍塚前，雷用LED光往上頭一照，光線往上直衝而去，就像一條綠色的天梯，通往天堂的國度。

雷嘴角微笑，正要打開背包，收起手電筒……這一瞬間，雷的動作卻停住了。

剛才綠光閃過的剎那，他看到了一個東西。

他動作有些慌張，有些顫抖，他又拿起手電筒，再度打開開關，綠光閃了幾下，洞底又進入了幽綠的世界。

雷額角冒汗，舉起手電筒，沿著劍塚的坑壁，慢慢的，慢慢的往上照去。

然後，他停了下來。

就在一把古劍的劍柄上，他再度看到了那個東西。

那是一個非常細小的物體，約莫銅板大小，圓球形，晶瑩剔透，它反射著手電筒的光芒，綻放出淡綠的色彩。

這次，雷終於確定了它的存在，以及它的身分。

只是，這次的確認，卻讓雷呼吸停止，冷汗直流。

它，是一滴雨珠。

# 020／歸隊

太原的天空中，積鬱了整整兩天的重雲，終於在一陣震耳欲聾的悶雷之後，狂暴的強風夾著豆大的雨珠，瞬間席捲了整片高原。

雨勢傾盆，聲勢浩大，整片黃土高原陷入了灰濛濛的雨陣中，連平時走慣了高原的在地人，都躲在屋裡休息，說是幾十年來，沒見過這麼大的雨！

雷博士的考古團隊，依生肖排行的十二座挖掘場，雖然都架上了雨棚，鑿好了疏水管，裝設了完美的防雨措施。可是誰也沒料到，這場雨來得這樣驚人，有如一頭沉睡已久的洪水猛獸，吞噬了整片大地。

這場大雨降下僅僅三個小時，十二座挖掘場就垮了三座：『雞九號』、『鼠一號』、『牛三號』……雨水匯聚成小川，湧入了挖掘場的大坑中，坑中的疏水道來不及疏通小川。於是雨水侵蝕了黃土構成的泥壁，泥壁一溼，土石崩落，頓時支撐不住挖掘場的重量，轟然一聲，整座挖掘場登時垮了下來，深深的埋了起來。

幸好雷博士的考古團隊知道大雨將至，所以早就把人和器材給撤到了安全區域，工人們坐在安全的避難所中，看著外頭傾盆的暴雨，每個人的表情都是訝異和掩不住的憂愁。這場雨，下得這樣大，再這樣下不停……這個太原的考古工程恐怕被毀過半，雷博士和小黃兩人又不知去向，整個挖掘團隊有如一盤散沙，只能望雨興嘆。

雷博士和小黃兩人，究竟到哪去了呢？

一片無光的黑暗中。

「唔……」小黃呻吟了兩聲，慢慢醒了過來，他只覺得頭痛欲裂，全身無力。

他睜開雙眼，深深幽暗之中，他勉強辨識出，眼前是一片灰褐色的石板地面，而他的臉頰冰涼，就貼在石板之上。

臉頰的冰冷，讓小黃隱隱作痛的腦袋，一點一滴緩慢的清醒過來，小黃想起，他剛才應該是被打暈丟在這地板上。

小黃試著動了動身體，卻發現他的身體完全不能動彈，由手臂和身體傳來陣陣辛辣火燙的束縛感，他推測自己被粗大的繩子給緊緊捆住。

他張開嘴巴，試圖要呼救，卻發現自己的喉嚨又乾又燙，竟然發不出任何的聲音。

這裡是哪裡？為什麼我被綁住？小黃問著自己，同時腦海慢慢的回想起自己昏迷之前的事情。

對了！我記起來了！一切都要從那通神祕的綁架電話開始說起，那個叫劍叔的男人綁架了雷夫人，並且要求雷博士拿雙劍來交換雷夫人，但是雷博士帶著『干將』下了『羊十號』坑洞，現在生死未卜，所以只好由我代替雷博士，帶著僅存的一把『莫邪劍』，姑且一試。

沒想到對方不但不遵守約定，還對我下毒手，不但劍被搶了，連人都被他所抓，媽的，真是窩囊啊！

不過，這男子還真是厲害，我才跑了幾步，就被他追上，大手一抓，就把我摔在地上，他的力氣大得真誇張，多半也是練家子！論武術，恐怕還不在雷博士之下……

啊！雷博士！今天幾號了？雨……雨下了嗎？雷博士出來了嗎？

小黃一想到雷博士的安危，身體登時奮力扭動起來，可是對方似乎也是捆綁的行家，幾條繩子緊緊封鎖了小黃身體所有可以施力的部位，他縱然有一身考古練出來的力氣，也無處施展，掙扎了幾下，繩子仍然固若磐石，紋絲不動。不得已，小黃只能頹然放棄，倒在地上呼呼喘氣。

雷博士生死未卜，那……雷夫人呢？

想起了雷夫人，她美麗溫柔的容顏，小黃沾滿了泥土的憔悴臉龐，不由得溢出一絲笑容，不過，他轉念一想，才想起雷夫人正被那個該死的劍叔綁架，也許正遭到莫大的危險……

……

怎麼辦？！怎麼辦！？

這是地牢嗎？雷夫人也被關在這裡嗎？

小黃為了看清楚周圍的景色，他以額頭撐住地面，勉強的扭動了他的脖子，這是他全身上下，唯一仍可以轉動的部位。

沒想到，這一轉頭，映入他眼中的影像，登時讓他一陣錯愕，背脊湧出一股寒意。

他眼前，是一個約莫兩層樓高，巨大無比的坩堝火爐，火爐周圍架設著複雜的加熱設備，雖然沒有見到熊熊的火焰，但是隨著撲面而來的熱風，爐壁透出炙熱的陣陣紅光，他知道，這個火爐的溫度，恐怕已經超過一千度以上。

這火爐究竟要用來做什麼？

靈光一閃，小黃突然想到了『干將』『莫邪』的鑄劍傳說，他心臟撲通撲通的劇烈跳了起來。

「這雨下得可真大……」劍叔面對著窗戶，雙手負在背後，嘴裡喃喃的說著。

窗戶外頭，劈哩啪啦的響著雨珠擊打玻璃的響聲，雨聲綿密不絕，有如激昂的打擊樂，敲打著窗櫺，也敲打著屋內每一個人的心情。

「醫生，雷夫人的病情如何？」劍叔轉頭，問道。

劍叔的身後，是一張嶄新舒適的大床，大床上躺著一位長髮披肩的絕色佳人，這位佳人雙眼緊閉，臉色泛白，秀眉緊蹙，眉目間，有著一股讓人憐惜的西施捧心之美。

這位佳人，正是雷博士的妻子，蓮。

而佳人的身旁，一個頭髮泛白，面容端莊的老醫生，正用聽診器檢視佳人的病情，放在醫生身旁的，是一些簡單的醫療器材，像是血壓計、心電圖機等……

「很不樂觀。」醫生搖了搖頭，用雙手取下耳中的聽診器。「您可能要有心理準備。」

「嗯……這麼糟嗎？」劍叔注視著蓮姣好的面容，細長的雙眼瞇成一條細縫。「那醫生，她有可能再醒過來嗎？」

「有，只是病人要多休息。」醫生嘆了一口氣，起身收拾醫療物品，同時說道：「她身體內的血癌病症已經到了末期，只能盡人事了，我開了一些藥，按時給她吃，雖然不能減輕病症，至少能減緩她的痛苦。」

「醫生謝謝。」劍叔點了點頭，對門外喊道：「王媽，過來送醫生出去。」

看著王媽領著醫生出去，門緩緩的關上，劍叔走到了床前，雙眼凝視著蓮的面容，嘴裡輕輕的說著：

「柔兒……不，也許該稱妳蓮……」劍叔雙眼中，透露著一股罕見的悲傷。「一千多年了，沒想到，妳的命運還是如此……唉……現在只剩下『莫邪劍』能夠救妳，只是，『干將劍』沒有回來，連我也愛莫能助。」

劍叔說完，意味深長的看了一下窗外的傾盆大雨。

「我說，『干將劍』真的能回來嗎？」

這場大雨持續了三天，仍然淅瀝嘩啦的下著，太原各地也陸續傳來零星的災情，道路塌陷，農作物損失慘重，有些窮苦人家的房子不夠牢固，所以被雨水沖垮的房子也不少。

終於，過了第三天的子夜，勢若瘋虎的大雨，終於減緩了。

雷博士和小黃兩人依舊沒有回來，幾個老經驗的工人，決定趁著雨勢減小，開著工程車去『羊十號』挖掘場看看。

他們擔心，雷博士或是小黃，正被困在『羊十號』坑洞裡頭，雖然雨下得這樣大，他們兩人若是真的留在那裡，多半是凶多吉少，但是基於道義，工人們還是決定去瞧瞧。

雨勢雖然減緩，但是天空仍然飄著忽大忽小的雨絲，烏雲厚重陰沉，宛如巨人，雲中一道道雷光閃閃，更是兇狠嚇人，工人們駕駛著工程車，在高原上吃力的前進著。

工程車雖然經過特殊設計，鐵履輪胎適合各種險峻的地形，但是這樣又泥濘又險惡的地勢，實在罕見，好幾次車輪陷在泥窪中，工人們都要跳下車，同心協力，幫忙將車推出泥窪。

終於，工程車經歷了千辛萬苦，靠近了『羊十號』挖掘場。

因為害怕挖掘場中心的地層鬆動，工程車會因此陷入地洞中，不能動彈。

工人們於是停好工程車，心下惴惴，三步併作兩步，往『羊十號』挖掘場的大坑前進。

沒想到才跑了幾步，眼前的景色，就讓工人們個個看傻了眼。

巨大無比的『羊十號』大坑，果然禁不住大雨的沖刷，雨水夾帶著黃濁的泥土，從大坑的兩邊往內塌陷，原本碩大無比，深不見底的坑洞，如今只剩下淺淺的一灘水窪。

不過讓工人們吃驚的，卻不是自然力量的龐大，而是窪洞周圍的景致。

窪洞的周圍數百公尺，竟然遍地插著斷劍，無數斷劍在雨水中閃耀著古樸的光芒，寒氣四射，讓工人們望之卻步。

這些斷劍，本來不是插在坑壁上嗎？雨勢再強，也不可能把這些斷劍沖出地面吧？

反而像是一股力量，從坑底直震上來，把這些斷劍震離了坑壁，甚至震上了天空，然後無數的斷劍就像下雨般，咻咻咻咻，插落在大坑的周圍。

工人們面面相覷，都對眼前的事情感到大惑不解。

不過，就在此時，一個工人突然大喊了一聲：

「啊！！」

「怎麼啦？」其他人趕忙追問。

「你們看，這些斷劍排列的方式……？」工人比著眼前滿地的斷劍，支支吾吾的說，「好像是一種奇怪的圖形，好像是一個太陽，不過好像又不太像……」

「太陽？」眾人一聽，凝神望去。

果然，整個斷劍落下的地點，形成一個非常有規則的圖形，以坑底為中心，斷劍均勻的往四方擴散。

整個圖形，的確有點像小孩子所畫的太陽公公，一個大圓，周圍加上幾筆放射狀的直線，拿直線當作是陽光。

不過這斷劍排出的圖形，唯一的不同，是那些放射狀的線不是直的，而是依著一種規律的方向彎曲，呈現螺旋的形態。

「好可怕……排列得這樣規律……」其中一個工人突然發起抖來，「我就說這坑有鬼！」

「對啊！坑中的鬼殺了萊恩！現在又殺了雷博士！」另一個工人跟著發起抖來。

「這是殺人坑洞啊！」

「我叔叔是道士，他就說要替這個坑洞驅除惡靈！一次只要三千元！雷博士就是不聽！你看你看，果然鬧出事情了吧！」

「還說你叔叔，我奶奶才收一千五，雷博士也不要！」

「你奶奶那麼老了，搞不好連男鬼女鬼都搞不清楚！還是我叔叔好！」

「呸呸！驅靈這種事情，講的是道行！我奶奶九十多歲，道行自然高深！你叔叔怎麼比得上？」

工人們嘰嘰喳喳，每個人都是臉色驚惶，害怕無比。

不過，他們之中有個多讀了一點書的工人，他看著這個斷劍的圖形，卻露出疑惑的表情，因為這圖形他好像在哪看過啊？

「中心一點，旁邊的線以螺旋方式放射狀散開。」

那是什麼？好像有個名字？什麼力的？什麼線，什麼力的？好像還有一個磁鐵的字？力？線？磁？

對啦！這叫做『磁力線』！

那個工人用力拍了一下腦袋，對對！是『磁力線』沒錯。

「不過，這磁力線怎麼會出現在這裡？是我眼花了吧！」工人沒有高興太久，因為他搔搔腦袋，傻笑的說。

不過，這工人並沒有猜錯，斷劍排出的圖形，確實是『磁力線』沒錯！

而且，還是經由一股浩瀚無匹的電能，形成的『電生磁』作用，強大的電能引起同樣強大的磁場。

這股磁場又吸住了坑壁上的萬把鐵劍，磁力一撼，這上萬把古劍竟被硬生生拔起，劍光漫天飛舞，舞上了天空。然後斷劍順著磁力線的方向，落到大坑的周圍，落成了這樣一個圖形。

不但如此，雷博士就是靠著這股力量，冒死從『羊十號』坑洞中逃了出來。

# 021／劍叔

這個夜晚，小黃連續三日只靠著清水維繫生命，已經處於半昏迷的狀態。

而他身邊的坩堝火爐，日以繼夜的加溫著，小黃只覺得這裡的空氣越來越滾燙，已經到了讓人窒息的地步。

就在小黃自覺自己這次恐怕難逃一死之際，他看見了一個男人來到他的眼前。

這男人下巴那撮山羊鬍，小黃就算化成灰也認得出來。

就是這個男人綁架了雷夫人，搶走了『莫邪劍』，還將小黃捆綁在這裡整整三天。

這個男人，名字叫做劍叔。

劍叔蹲下身子，細長的雙眼露出邪惡的光芒，「哎啊，你還活著啊?在這個地下室被綁了這麼久，只靠清水竟然不死!好強韌的生命力啊。」

「嗚……」小黃已經說不出半句話，只能用怨毒的眼神瞪著劍叔。

「哈，還有力氣瞪人，看來得多關幾日……可惜……」劍叔緩緩站起，說道，「今夜有人要來了，雙劍一到齊，我也沒有興趣和你們蘑菇了。」

「嗚嗚……」小黃皺起眉頭，他心中一驚，雙劍到齊？這是什麼意思？難道雷博士真的從『羊十號』坑洞中，帶著『干將劍』逃出來了嗎？

「你很擔心你雷博士的下落吧？」劍叔冷笑，「呵呵，你想知道嗎？」

「嗚……」小黃忍不住心中的激盪，點了點頭。

「先跟你說個好消息，你那個雷博士不但躲過了大雨，還破了劍塚，現在，帶著『干將劍』來找我了。」劍叔那雙細眼睛似笑非笑，看不出他心中真正的想法。

「哼……」小黃搖了搖頭。

「你懷疑我怎麼會知道嗎？呵呵。」劍叔右手舉起，映出一道血紅色的寒光，原來『莫邪劍』就在他的手上。

「這把『莫邪』和『干將』互相影響，雖然不能知道對方的確實情況，但是我確實能感受到『干將』離我越來越近了。

「雷博士既然能帶著『干將』尋找『莫邪』，想必已經逃出了那個劍塚了。這劍塚當初乃是郭子儀那混蛋為了防止我得到雙劍，所設下的機關。不過命運就是這樣捉弄人，雷夫人如果真是唐代的柔兒轉生，雙劍卻在此時出土，也是要了卻這筆千年的宿怨了。

「今晚，雷博士必能透過『干將』找到『莫邪』，所有的恩怨，都會在今晚一併解決，唉……千餘年了，好漫長的日子，雙劍啊，這次我不會讓你們從我手中逃掉了！

「為了這個時刻，我準備了這個火爐，雷夫人和你也在，一切都已經齊備，就等『干將劍』和雷博士到……咦？」

劍叔話還沒說完，突然住口，雙眼閃爍，瞪著手上的『莫邪劍』直看。

只見原本血銅色黯淡的『莫邪劍』，陡然放出晶瑩燦爛的紅光，不只如此，細長的劍身微微顫動，悠悠低鳴起來。

「來了嗎？」劍叔臉上露出一個驚喜的笑容，這笑容在『莫邪劍』的紅光照映下，顯得萬分詭異，彷彿一頭飢餓的嗜血妖魔，終於得到了牠夢寐以求的食物。

劍叔拿出懷中的手機，拇指移動，按了幾個號碼。

「喂！王媽，找人把雷夫人帶下來……咦？喂！喂喂？王媽妳怎麼了？妳在嗎？」

劍叔將手機移開耳朵，瞇著眼睛看了手機半晌，突然嘴角輕輕揚了起來。

「好傢伙，來得這樣快！上頭的侍衛都被清光了？看樣子今天主菜上場之前，前菜不會太無聊了。」

小黃伏在地上，看不清劍叔的表情，但是聽到劍叔的冷笑，小黃心中禁不住一陣激動，難道……是雷博士來了嗎？

就在這一刻，小黃突然覺得耳朵一痛，原來『莫邪』的悠悠低鳴突然一變，變成了鏗鏘有力的金屬震動聲。

而且震動鳴聲越來越高昂，有如龍吟虎嘯，讓人心蕩神馳。

而且聽了一會，小黃忽然發現，原本『莫邪』清冷孤單的劍鳴，不知道何時竟然改變了！

原本孤單的聲音加入了另一道強而有力的劍鳴，變成了兩劍齊鳴，雙劍齊唱，悠悠蕩蕩，好比夫妻雙人夫唱婦隨，攜手闖蕩江湖，雖然前途艱險，卻依然無畏無懼，天地任我遨遊。

是『干將』來了！

小黃虛弱的身體因為興奮顫抖起來，那雷博士呢？只要雷博士來了，以雷博士的武術，這劍叔算什麼東西？

「好一把『干將』！好一個雷博士！」劍叔的聲音響起，陰冷的聲音中有藏不住的笑意。

聽到「雷博士」這三個字，小黃更是用盡僅存的力量，掙扎抬起頭來。

一個身材高大，滿臉鬍碴，笑容溫和，手持著巨大古劍的男人，不是雷博士是誰？

「小黃！！太好了，你還活著……」雷博士不顧劍叔就在眼前，他走到小黃的身前用『干將劍』替他割斷繩子。

「嗚……」小黃喉嚨乾啞，發不出任何聲音，只是抽抽噎噎的哭了起來。

「別怕，等到我把這頭活了幾千年的老妖怪給宰了，我就送你回去。」雷博士微微一笑。

「活了幾千年的老妖怪？」劍叔微微一笑，「看樣子你下到劍塚中獲得不少知識啊！只是，你怎麼會搞混一件事呢？」

「搞混？」雷博士將小黃扶到一旁，並且拍了拍他身上的塵土。

「那件事，就是你想宰了我？笑話，我活了幾千年，從來沒有人可以殺了我，你以為你做得到嗎？」劍叔冷笑。

「沒有所謂的做得到做不到，只有事在人為而已……」雷微微一笑，他右手長劍一抖，『干將』發出凜冽的劍光，似乎正在回應雷的決心。

「好。」劍叔一笑，「很好，一千多年前，唐朝有個渾小子也這樣說。不過很明顯的，我仍然站在這裡，所以他失敗了！」

雷沒有再答話，他趁著扶起小黃短短的時間，游目四顧，打量了這個房間的環境設施，這個房間位於劍叔豪宅的地下室，整間地下室周圍都做了強化措施，可以說是一個堅固而隱密的地下堡壘。

房間大概四十坪大小，相當寬敞，地板、天花板、牆壁都是用青石板鋪成，古樸而清幽，如果沒有房間中央那座炙熱火燙的坩堝火爐，恐怕所有人都會以為這是某個富豪所蓋，用來修身養性的密室。

而值得一提的是這個坩堝火爐，所謂的坩堝，就是用氧化鎂為材質構成的耐高溫火爐，氧化鎂可以說是現在人類能應用的材料中，最耐熱的高溫材料，如果這坩堝火爐真是用氧化鎂製造，那它的溫度，肯定超過了兩千度。

這坩堝相當的大，呈現正方形，頂上一條煙囪穿過了地下室的天花板，火爐下方有一扇門，門長寬大概是兩公尺，正是丟熔煉材料進入火爐的入口。

而火爐的旁側，有一個儀器的面板，面板上幾個紅色的電子數字正在跳動，一看就知道，這是溫度控制儀。

「雷小子，來吧。」劍叔慢慢向雷走近，龍行虎步，一股凜然的氣勢，向雷直壓迫而來。

「等等……」雷搖了搖頭，說道，「我有最後一個問題問你，這千餘年來，你為何如此執著於這兩把劍？它們與你有冤仇嗎？」

# 022／保護的意志

「冤仇？」劍叔露出一絲奇怪的表情，隨即哈哈大笑起來。

「你是這樣認為嗎？我和雙劍有冤仇？」

「不是嗎？」雷博士想了會，搖了搖頭。「我不懂你的執著。以你的能力，若論力量、財富、權力，哪一樣不是你唾手可得？」

「雷小子，如果你活了幾千年，你就會明白，一個人活了千年歲月，最懼怕的是什麼……」劍叔的表情中，閃過複雜萬分的表情。

「雷小子，跟你說太多廢話你也不會明白，來吧！來領死吧！」

「嗯……」雷博士從劍叔的表情中，感覺到一種無法言喻的巨大悲哀，卻又覺得劍叔的行為邪惡無恥，罪無可恕，他皺了皺眉頭，說道：「但是無論如何，我都不能原諒你草菅人命！」

「草菅人命？你們人類壽命不過短短七十寒暑的歲月，有如螻蟻般的生命，我捏死一兩隻又算什麼？」劍叔冷冷一笑。

「哼。看來跟老妖怪是談不攏的！」雷博士大怒，右手的『干將』化作一道淒厲的紅光，直追劍叔而去。

只見劍叔右腳往後一踏，身體旋轉半圈，輕鬆避過了這奪命的一劍。

只是劍叔萬萬沒料到，雷的招式雖然已老，但是身體一轉，『干將』紅光在空中劃出一個半圓，竟以一個幾乎不可能的角度回身，再度追上了劍叔。

「好！」劍叔雙眼露出激賞的神色，面對直撲而來的紅色『干將』，劍氣凜凜，刺得他臉上發疼，他沒有閃躲。他是已經沒有時間閃躲？還是，他連閃躲的意圖都沒有？

眼看銳利萬分的『干將』發出璀璨的紅光，就要破劍叔的腦門而入。

雷的這招『回身一劍』，雖然招式簡單，實際上卻是雷從『羊十號』出來後，沿路絞盡腦汁，腸枯思竭所想出來的必殺絕技。

因為雷知道，就算自己的武術有所突破，面對修煉了千年的劍叔，他還是差距甚遠，無非以卵擊石，唯一的辦法，就是出其不意。

他賭劍叔對自己十分有自信，自視過高，不會提防雷的致命反擊，他也賭劍叔不會意料到，雷從一開始，就有兩敗俱傷的準備。

況且，雷從『羊十號』打敗了自己的心魔，悟出來新的世界之後，他的劍法武術又更上層樓，這樣威力驚人的一劍，十日前的雷，是從來沒有想過，能在自己的手中施展出來。

『干將』乃是輕劍，此劍原本就走輕靈一路，加上雷博士耗盡全力，以迅雷不及掩耳的神速，出人意表的賭命絕招。這場對決，竟在短短數招之內，就要分出了勝負。

雷心中賭的事情有兩件，第一種情況，就是劍叔閃避不及，被『干將』穿腦而過，這當然是上上大吉。

第二種情況，就是劍叔避無可避，舉起『莫邪』一擋，雙劍相折，激盪出劇烈的火花，頓時引起爆炸，會將兩人同時都捲入，化成灰燼。

無論哪一種情況，雷都知道他可能會遭遇到劍叔的反撲而賠上一條命，所以他已經無法全身而退了。

可是，他下定了決心，為了天下蒼生，他要結束劍叔的性命。

這一剎那，雷聽到『干將』發出一聲長鳴，右手一頓，劍勢滯怠不前，竟然刺不進去，震撼中，雷凝神一看，眼前的畫面，讓他頓時張大了嘴巴說不出半句話來。

他見到了劍叔的兩根手指。

僅僅是兩根手指，就破了這麼雷霆萬鈞的一劍。

要知道，『干將』是中國自古以來的最鋒利神兵之一，加上雷博士修煉了數十年的武術氣勁，還有對敵人狂怒斬殺的決心，這些條件加起來，原本應該是必殺的一擊。

如今，卻被兩根手指頭，一指拇指，一指食指，兩指合一，就猶如鋼鑄的虎鉗，緊緊夾住了『干將』。

破了。

這劍招被破了。

雷博士反應極快，馬上從挫敗感中驚醒，他手腕一抖，勁道有如一陣波浪，從雷博士的手腕傳到了劍柄，隨即又傳到了劍刃，劍刃鼓動如波浪，劍氣兇狠，直逼劍叔，試圖震開劍叔的那兩根指頭。

「哈，看來你在劍塚中有過奇遇，短短數日，進步千里！」劍叔微微一笑，手勢一變，從兩指夾劍變成了五指齊用，捏住了劍身。

雷博士見狀，心中大叫不好。

可是事情發生得太快，只聽到劍叔大喝一聲：「放手！」他右手五指一捏，一股大力傳到了雷博士握劍的右手，雷博士感到掌心一震劇痛，右手虎口震裂，鮮血汩汩湧出，整個噴灑開來。

可是，劍仍在手上，因為雷博士咬緊牙關，就算對方施展多大的脅迫，都不能逼得他鬆手。

「好，除了力量，還有志氣。只可惜……」劍叔細長眼睛一陣陰險的光芒閃過，他沒有捏劍的另外一隻手，忽然伸出，對雷博士胸口就是一推。

雷博士想伸手去格開，可是萬萬沒料到對方的推力如此巨大，有如排山倒海，驚天動地，就算是他用盡全力的卸勁，也卸之不去。

砰！

雷博士被劍叔硬生生往後震飛，直撞石壁，同時，『干將劍』也撒手了。

「雷小子，我知道你的目的為何，你想引我出『莫邪劍』，和你『干將劍』激烈相撞，這兩劍情如夫妻，誓死不分，怎麼容得下兩劍相殺？一旦相折，威力毀天滅地，天哭地慟，可是，你以為我不知道這件事嗎？哈哈。」劍叔右手穩穩的揑住『干將劍』，冷冷說著。

「哼……」雷博士背脊撞上了石板，劇痛攻心，發出低哼的聲音。

劍叔將手上的『干將』和『莫邪』放到火爐旁邊，雙劍劍刃同時流過一陣紅光，這紅光不似剛才的怒火萬丈，反而悲婉淒涼，一如垂淚。

「只可惜，利用雙劍相撞引起爆炸，試圖置我於死地，這一招在唐朝的時候，柔兒和那個渾小子就已經試過，可惜啊可惜，當年他們沒成功，白白犧牲了兩條性命，只讓我受了點傷，休養個幾百年，我又回來了。」劍叔說道，「倒是讓郭子儀撿了個現成的便宜，這場爆炸替他逼退了安祿山那個野蠻人，不！也許這場爆炸一開始就是郭子儀計算好的，哼！這隻精明的老狐狸。」

「我不會放棄的！」雷慢慢起身，右拳在前，左拳收在腹側，雙腳前弓後箭，這是雷修煉了二十年，最熟悉也最強悍的戰鬥姿態。

劍叔看了他兩眼，露出激賞的笑容。

「哈哈，雷小子，你知道我為什麼要鑄這座火爐嗎？我要熔了雙劍，吸收雙劍的力量。雙劍是高溫煉不化的，唯一的辦法，就是像莫邪那樣，丟人到火爐中。可是這幾千年來，無論我投了多少人類入火爐，雙劍都依然不化！後來，我才明白一件事，雷小子，你知道是什麼事嗎？」

「什麼事？」

「熔煉雙劍的人，還需要一個重要的東西，那就是為了保護他人，就算犧牲自己生命也在所不惜的意志，那是『保護的意志』！我從春秋戰國開始追逐雙劍，一直到了日月皇朝唐朝，我遇見了柔兒，這千餘年來我想盡辦法煉化雙劍，無論是多麼精進的熔鑄技術，或是多麼特別的高溫燃料，我連時辰地點都考慮進去了，結果卻都只有一個，那就是失敗！直到我見到了柔兒，我才猛然明白，如果是她，肯定可以熔煉雙劍！要願意為對方付出一切的愛侶，才能熔煉雙劍！這就是『保護的意志』。」

「柔兒？煉劍？你……你想對蓮……怎麼樣？」雷心中一驚，緊握的右拳被手汗整個浸溼。

「我說相愛的情侶……所以蓮可以熔製雙劍，哈哈，既然蓮可以，你自然也可以。」劍叔哈哈一笑，身影一晃，直撲向雷，速度之快有如鬼魅。雷就算擺出了戰鬥的姿態，也沒料到對方來得這樣快，這樣詭異。雷雖驚不亂，他沉住氣，雙拳齊出，試圖逼退劍叔這道詭異的黑影。

雙拳糾纏上黑影，拳勁紛飛，黑影飄忽，一時間看不出誰勝誰負，砰的一聲，黑影和雷倏然分開，劍叔退了兩步，雷卻像是斷了線的風箏般，被反震力甩上了牆壁。

只是一合之數，雷博士又是慘敗收場。

只見雷身體軟軟的從牆壁上滑下，雙目緊閉，嘴角溢出了幾道血絲，人說邪不勝正，但是事實上，又有多少的正義能夠真正擊敗邪惡？

劍叔步履悠閒的走到雷的面前，他慢慢蹲下，對雷說：「你就乖乖認命吧！如果你不願意成為材料熔化雙劍，那我就找你的愛人，蓮，怎麼樣？這筆交易很公平吧！只要你想著，你是為了蓮而入火爐，就會產生『保護的意志』。這樣的話，你的身體自然可以燒熔雙劍，我就不會把你的愛人蓮跟著丟入爐中，如果你失敗了，下一個進入火爐的，就是你的愛妻了！」

「你……」雷聞言大怒，他雖然躺在地上不能動彈，仍然用他的右手抓住了劍叔的手腕，劇烈的顫抖著。

「你可以好好想想，趁現在，好好的培養你心中『保護的意志』，雙劍就是需要這樣的力量才能熔化……哈哈哈！」劍叔越笑越激烈，那撮小山羊鬍更隨著他的狂笑而擺動著。

「你……這畜生！」雷表情大變，雙目幾乎要噴出火焰，直瞪著劍叔。

「別妄想你能擊敗我了，雙劍相擊可以產生劇爆，這苦頭在一千多年前我就嚐過了，所以你的計策失效了！你想保住你愛妻的唯一方式，就是代替她成為熔煉的材料。」劍叔說道，「老實說，我還比較想留蓮下來，而且，我答應你，我會用雙劍中『陽』的力量，傾全力來治癒蓮的血癌，算是給你犧牲的一點獎勵！如何？」

「治癒……蓮的疾病？」這一瞬間，雷竟然有點動搖了，他想到了蓮孱弱的身軀，從年輕開始，就飽受血癌威脅的她，從來沒有享受過真正自由健康的生活，如果這個劍叔真的能幫她恢復健康……

「是的，當初莫邪就是抱著這樣的『保護的意志』，替丈夫一死，也要熔煉奇鐵。只要你一入火爐，雙劍熔化了，我就替蓮治病。別忘了，只有我知道如何運用『莫邪劍』中強大的生命力量。好幾千年前，我就是這樣斬了赤的頭顱，斬了吳王的頭顱，他們仍然在油鍋中活得好好的！」

「你真的願意治癒蓮的疾病？」雷心中震盪，他想著，如果為了蓮，犧牲自己的生命又算什麼呢？

「當然願意，雷小子，來！火爐就在你的前方，你自己乖乖走進去吧……你只要……」

劍叔邊說著，邊轉頭看著火爐一眼，可是劍叔才轉頭回來，突然身軀一震，又再度轉頭。

「咦？！誰？誰在火爐前……」

眼前的這一幕，讓身經百戰，狡猾多詐的劍叔都猛然一愣，嘴唇動了動，卻說不出半句話來。

雷發現了劍叔表情的異樣，也順著劍叔的眼神，往火爐的方向望去。

這一瞬間，雷也屏住了呼吸。

那道被打開的火爐門之前，不知道何時，站著一個人。

熊熊的火光下，那人背對著火爐，讓人瞧不清楚他的面容。但是無論是雷還是劍叔，都在第一眼，就認出了這人的身分。

他，不，應該說是她，身形窈窕，曲線玲瓏，一頭長髮如黑瀑般瀉下，長可及腰，是一位高挑女子。只見她身體動也不動，用雙手緊緊抱著雙劍，眼睛定定的瞧著雷和劍叔兩人，一股靜默而堅定的決心，從她的眼神中，無聲的透露出來。

是蓮，她是蓮。

她就是自小出身自富裕之家，在考古發表會上和雷相遇，在秦皇陵上答應了雷的求婚，從此和雷結髮數載，互敬互愛，相約白頭。她最喜歡的顏色是白色，她常常像隻小貓般賴在雷寬厚的背上，她總是俏皮可愛的跟雷撒嬌。可是，她也背負著異於常人的沉重生命，她是在眾人面前散播歡笑的天使，卻在黑暗中一個人獨自哭泣。

她是蓮，雷的心中，那個此生唯一的蓮。

「蓮……妳……妳什麼時候下來的？」雷聽到自己的心臟瘋狂的擂動著。「妳……妳都聽到了嗎？」

蓮對雷微微一笑，用雙手緊抱著雙劍，輕輕的點了點頭。

蓮的微笑，在晦暗火光的照映下，顯得那樣悲傷，那樣靜謐，彷彿勘破了生死，只是靜靜的對著雷微笑。

「蓮……」雷突然明白了蓮這一個微笑的含意，他張大了嘴巴，發出聲嘶力竭的吶喊，「蓮！不要！不要！求求妳不要！」

「雷，謝謝你願意替我進入火爐，謝謝……」蓮背對著火爐，美麗的容顏因為背後的火光而顯得模糊，可是，雷卻清楚的看見了，兩道晶瑩剔透的眼淚，緩緩從蓮的臉頰淌了下來。

「雷，你知道嗎？我也同樣願意為你付出生命。我愛你。」

「住手！」劍叔突然一動，有如一道閃電，竄到了蓮的面前，他雙手同時前伸，他要抓住蓮的肩膀。

看到劍叔逼近，蓮淡然苦笑，輕輕搖了搖頭，好像在嘆息劍叔的白費工夫。

她往後一倒，雙手緊抱雙劍，就這樣倒入了背後的火爐中。

「蓮，不要——」

雷發出一聲乾嚎般的吶喊，聲音彷彿從他的五臟六腑的深處硬生生擠出來，那樣脆弱，那樣悲傷，彷彿就要榨乾了他僅存的生命能量。

同時間，劍叔耗盡全力，身如風，手如電，他超越了千年的武術功力完全施展，幾乎沒有做不到的事情，就算一棵要倒下的百年巨木，也會給他攔腰抱住。

可是，劍叔沒有阻擋蓮緩緩倒下的身軀，也許是因為他不夠快，也許是動物怕火的天性。火爐門中溢出狂暴的高溫，讓劍叔這瞬間，手微微一縮，終於來不及阻止蓮的墜落。

而，蓮的身體，就像是慢動作般，慢慢的，慢慢的，倒入熊熊的烈焰中。

看著眼前的畫面，如此的美麗，如此的哀傷，劍叔竟然茫然了。

就在此刻，他背後突然衝來一陣衝力，衝力之大，竟把他狠狠的撞到一旁。

「雷小子！！？」劍叔往旁邊跌去，失聲叫道。

雷發出驚天動地的乾嚎，他展現了超越劍叔的速度和力量，瞬間就到達了蓮的面前。

可是，蓮的身軀已經整個倒入爐中，只差幾公分，她的背脊就會碰到了火爐的熱石。只要不到一秒的時間，她就會在兩千度的高溫中，化作焦炭，化成塵土，也化成了煉化雙劍的材料。

可是，勢若癲狂的雷怎麼會容許這樣的事情發生，他不顧一切，雙手深入了火爐中，他要抱蓮！他竟然不顧一切，要把蓮從炙燙的火爐中給抱出來！

就算雷知道，他這一抱住蓮，他的雙手肯定會壓在蓮的背部下面，替蓮承受這高達兩千度的極致高溫，這雙手肯定毀了。

可是他不後悔，沒什麼好後悔的，為了蓮，什麼都是值得的。

跌在一旁的劍叔，完全忘記要起身，他只是睜大雙目，瞪著火爐那頭所發生的事情，他不懂，他突然發現，他什麼都不懂，為什麼有人會這樣傻？為了心愛的人，竟然搶著犧牲自己的生命？這就是『保護的意志』嗎？

這一刻，蓮張開了眼睛，看著她面前的男子，這個令她深深依戀的粗壯男子。

這個男子，下巴的鬍子粗粗的像極了砂紙，襯衫領子總是帶著淡淡的塵土氣息，混著洗衣精的香氣，那是讓她能夠安心的氣味。

男子對她總是輕聲細語，深怕驚嚇了她。連半夜有急事出門，男子也是很溫柔的怕吵醒她。

男子外剛內柔，有時候像是一棵參天的大樹，無論多強的風雨都不能擊倒他，可是有時候又像是一個淘氣的頑童，尤其談起了考古，那雙眼綻放的熱情，會把蓮整個融化。

蓮知道自己深愛這個男子，一如這個男子深愛著她。

她無法想像自己如果失去了這男子，這世界會變成什麼模樣？

想到這裡，蓮臉露微笑，嘴巴動了動，說了一句話，「……」

聽到這句話的瞬間，雷突然住手了。

蓮淺淺一笑，又閉上了眼睛，溫和的表情沒有一絲痛苦。然後，她墜入了火爐中，墜入了熊熊烈焰中，帶著雙劍，纖弱的身軀被豔紅亮眼的火焰完全吞噬。

火焰殘影中，只剩下蓮優雅的微笑，蕩漾其中。

雷靜靜的看著蓮，沒有說一句話，表情如同石刻般凝重，也如同石刻般讓人感到心碎。

劍叔默住了，雷小子為什麼在最後一刻放了手？蓮在最後說了什麼？只是一句話，就讓發狂的雷小子恢復冷靜？

雷雄壯的背影，就這樣聳立在火爐的門前，動也不動，隨著火焰的吞吐，背影忽明忽暗。

劍叔，不知道為何，突然感到一陣害怕。

這是他活了千餘年，第二次感到害怕，上一次，是唐朝柔兒和渾小子雙劍交擊的剎那，劍叔因為看到了柔兒的眼神，突然間心底升起一股戰慄。

# 023／遺言

雷沒有說話，他雄壯的背影沒有移動，保持他最後的姿勢，雙手前伸，只差一步他就要抱起了蓮。

蓮的最後一句話，到底是什麼？

劍叔看著雷，看著火爐，時間彷彿靜止了。

究竟是過了一秒？兩秒？還是一分鐘？甚至更久？劍叔無法判斷，他只知道這一段時間，給了他超乎想像的壓迫感，是恐懼嗎？這就是恐懼嗎？

然後，一道銀白色的光芒從火爐中猛然竄出，打破了劍叔的冥思，只見光芒像是白色的羽箭，砰然一聲，從火爐中央四散射出，一閃即逝，聲勢嚇人。

銀白色的電光？劍叔忽然想到，這是雙劍合璧的劍光！雙劍鑄成了嗎？延續了千年的夢想，他終於要擁有雙劍了嗎？劍叔拋下了那無名的恐懼，一償夙願的狂喜，有如海潮般湧上了他的心頭。

「哈哈哈……雙劍……我的雙劍！」劍叔起身，右手貪婪的往前伸去，慢慢的往火爐走去。

「雙劍，熔了。」雷聲音中沒有任何感情，他定定的站在火爐的門口，雙眼注視著爐中兇猛的紅焰。

「雖然出了一點意外，雙劍終於還是熔了，哈哈哈，雷小子，我饒你一命，快滾吧！」劍叔恢復了原本的霸氣，走向火爐的門前，右手往雷的肩膀一推，想把雷推開。

「劍叔，你知道，蓮最後跟我說了什麼嗎？」

「啊？」劍叔聞言一驚，右手猛然一顫，以他的力量，竟沒能推動雷。

「她說：『雙劍誅邪後，我等你。』」雷背影矗立在火爐前，有如一尊巨大的神祇，只聽到他聲音冷漠，「你懂她的意思嗎？劍叔。」

雙劍誅邪……我等你……劍叔睜大了雙眼，額頭的汗水在毛細孔中慢慢凝聚，凝聚，然後凝成一滴汗珠，緩緩滑了下來。

這滴汗，竟是冰的。

「你懂了吧？」雷轉頭看著劍叔，粗獷的臉龐綻放出笑意，這眼看得劍叔全身發毛，蹬退了兩步。

然後，雷的右手往前伸去，沒有一絲遲疑，就伸入了高達兩千度，可以瞬間將人化成焦炭的火爐門裡。

轟。

一把帶著血光，噴著熊熊烈焰的紅銅長劍，被雷從火爐中取了出來。

而雷的右手，在極限高溫的燒烤之下，已經變成一團黑炭，跟血紅長劍緊緊相黏，早就分不出何者是雷的右手？何者是劍柄了？

「啊！！」看到雷駭人的模樣，劍叔發出一聲尖叫，轉頭後逃。

劍叔逃了兩步，突然覺得背後一陣火燙，急忙低頭避過，一道紅色劍光，以距離他後頸幾毫米的距離，呼嘯而過。

劍叔感到一陣戰慄。

因為這長劍擦過他頸部的一瞬間，他確實感受到了死亡的氣息。

劍叔自恃他活了千餘年，什麼樣的殺人兇器沒見過？什麼樣的血腥陰謀沒有遇過？可是他從來就不知道畏懼，因為他知道那些東西殺不死他，那些東西傷不了他。最多是唐朝的那場雙劍互折的爆炸，讓他身受重傷，不得不休養幾百年。

可是，此刻卻是不同，雙劍合璧之後，在他後頸擦過的剎那，他就明白了一件事，沒錯，這把劍可以殺得了他。

「雙劍誅邪！」劍叔猛然想起了蓮的遺言，蓮在臨死前悟出了什麼樣的道理？為什麼她勘破這個祕密？

而且，讓劍叔更加恐懼的，不只是劍，還包括拿劍的人，將生死置之度外，有如地獄鬼神的男子，雷。

劍叔感到他的衣服整個被冷汗浸溼，這次他逃得過嗎？

雷揮舞血紅色的長劍，怒叱一聲，對著劍叔追擊而去，血紅色的長劍其實已經失去了劍的模樣，與其說是劍，還不如說是一條燒得發燙的鐵條。可是，鈍而無鋒的鐵條竟是無堅不摧，一碰到任何物體，那物體先是迸出熊熊火焰，隨即四裂潰散，有如爆散的豆腐。

雷雙臂早已焦黑，性命垂危，支撐他的是，那無窮無盡的鬥志。

劍叔在豔紅的劍光追擊下，拚了老命左閃右躲，不愧是修煉了千年的武術行家，這千年的修行，不單讓劍叔擁有超人的力量，也給了他異於常人的敏捷身手。

雙劍聲勢雖強，火光四濺，雷握著長劍，在偌大的地下室中，劃出一道道兇狠的赤紅半圓。卻始終沒砍中劍叔，一劍也沒有。

劍叔有如一條靈敏的千年狐狸，面對生死關頭，更是狡詐靈動，避開了每個奪命的殺機。

反觀手持長劍的雷，卻因為手臂高度灼傷，加上揮舞長劍十分耗力，早已滿身大汗，全身虛脫，眼見自己的長劍越舞越慢，而劍叔越躲越遠。

雷，突然感到一股無法抑制的失落感。

蓮最後的願望，「雙劍誅邪」，我還是沒有辦法完成嗎？

「哈哈……呼呼……呼呼……」劍叔的笑聲中夾雜著濃急的喘氣聲，剛才為了躲避雙劍，對他來說，也可以說是驚心動魄，命懸一線。

「呼呼……雷小子，可惜天不亡我，你認了吧！哈哈哈……呼呼……」

# 024／三對愛侶

雷只覺得握住雙劍的雙手疼得不得了，意識慢慢模糊起來，耳邊傳來劍叔尖刻的笑聲，已經變得遙不可及。

「哈哈……哈哈……哈哈……呼呼……哈哈……」

砰一聲，雷雙膝著地，跪了下來。他只覺得全身虛脫，僅存的精力所剩無幾。該死！只差一點！為什麼只差那麼一點？我就可以殺了劍叔替蓮報仇……蓮……對不起，我沒有臉去見妳……

對不起……我盡力了，蓮……劍叔實在太厲害了。

雷閉上了眼睛，心中不斷湧現的內疚和自責，有如一道道重疊的大浪，將他整個吞沒。

『雷，沒關係，我來幫你。』

突然間，雷耳中傳來這樣一個溫柔的聲音，他吃了一驚，因為他認出了這個聲音的主人，沒錯！是蓮！是蓮……

同時，他已經痠痲的手臂，傳來一陣溫暖，就像是一雙纖細柔嫩的手，幫著雷提起這把雙劍。

『我是劍塚中的戰士，我也來幫你吧。』

隨即，雷又聽到了一個男子的聲音，這個聲音渾厚有力，同時雷覺得雙手的重量一輕。劍柄上，除了蓮那雙小手，又多了兩條粗壯的臂膀。

『我是唐朝的柔兒，我也助你一臂之力！』

這聲音剛說完，雷感到雙劍又是一輕，一對細柔的女子手掌，憑空出現，握住了劍柄。雷只覺得原本沉甸甸的雙劍，竟然變得如此輕盈，四雙手，兩對愛侶，同時握住了雙劍。

就在此刻，雷耳中更傳來了一對男女的聲音，這男女異口同聲的說：

『我們是春秋吳國的劍師干將，讓我來助你。』
『我們是春秋吳國的劍師莫邪，讓我來助你。』

嘶……

雷看見眼前那把被高溫燒得紅燙的雙劍，發出璀璨的白光，白光繞著雙劍盤旋飛舞，美不勝收，它彷彿雀躍著，也彷彿憤怒著。

劍叔瞪著雷的雙劍，原本得意的表情一變，雙劍怎麼了？這是什麼？

就在此時，雷舉起雙劍，大吼一聲，對著劍叔追了上去。

雷握著雙劍，直指劍叔，越奔越快，雷的身體和劍身化成一道筆直的白光，猶如流星般追上了劍叔。

劍叔知道雷終於使出了最後一擊，生死一瞬，他狂吼，同時爆發出超越極限的力量，雙腳直蹬，不斷後退，不斷後退。

蹬蹬蹬蹬蹬蹬蹬蹬……雙劍越來越快，劍叔越退越急。

眼看雙劍的劍鋒，和劍叔的咽喉，只是毫釐之差。

只是毫釐之差。

雷感到身體的細胞都沸騰起來，只要再零點五公分，他就可以親手殺了這個作惡千年的妖怪，他就可以回到蓮的身邊，和蓮長眠地底。明明是肉眼無法捕捉的高速，可是雷卻感到一切已經靜止了，他只看到劍叔那撮小小的山羊鬍正在快速擺動，只要再往前半步，他就可以刺穿它了。

只要再往前半步。

半步。

白色流星霎然停止。

劍叔看著在他咽喉不到一毫釐的劍鋒，白光陡然衰弱，雷雙目圓睜，鮮血從他眼睛中流了下來。

死不瞑目。

劍叔驚懼的看著喉頭那劍鋒，突然感到他的背脊冰涼一片，原來他已經頂上了地下室的牆壁，只差半步，他就無路可退了。

只差半步。

半步。

劍叔笑了，真的笑了，因為他跟千年前一樣，贏了這一仗。

不過，就在他準備仰頭大笑之際，他聽到了一個極為細微的聲音。

錚！

劍叔一呆，這聲音從哪傳出來的？怎麼那麼近？

錚！

真的好近！不就在他咽喉的地方嗎？劍叔一低頭，額頭上的汗水隨即狂湧而出。

錚！

劍叔看見了，雙劍的劍鋒處，竟出現了細小的裂縫，細縫和劍刃方向垂直，從劍身兩端慢慢的往劍脊中央裂去。

錚！

這是怎麼回事？天下無敵，無堅不摧的雙劍，它的劍鋒正在斷裂？

錚！

劍叔眼前突然出現了三對情侶，身穿現代服裝的是雷和蓮，穿著唐朝服裝的是戰士和柔兒，穿著粗布短衣的是干將夫婦。

他們六個人，同時伸出了手，握住了雙劍的劍鋒。

劍鋒顫動，難道，他們要將雙劍的劍鋒折下來？

錚錚錚！

劍叔看著自己的咽喉，那血色雙劍的劍鋒，越裂越大，只要劍鋒斷開，他的咽喉……距離劍鋒如此近的咽喉……就會……

突然，他想到了兩個字：

死亡。

錚！！！！！

劍鋒錚一聲，整個裂開，同時，劍鋒化成一道細微但是燦爛奪目的白光，激射而出。白光綻放，沒有一絲猶豫，直插入了劍叔的咽喉，貫穿而過。

劍叔沒有痛苦，沒有血腥，只有眼前慢慢、慢慢朦朧的景色。

「寂寞啊。」劍叔苦笑，「這千餘年，真是寂寞啊。」

地下室中，小黃猛然驚醒。他不但目睹了這一幕，還發現了那座正在噴著烈焰，即將爆炸的火爐。

# 025／尾聲

一個約莫三十歲的男子，手裡拿著一張古老泛黃的剪報，剪報是這樣寫的：

『二〇〇三年四月十五日新聞快報，北京郊區一座豪宅突然發生爆炸，根據警方的資料，爆炸的原因是因為豪宅地下室設置的火爐，因為瞬間溫度過高，引起爆炸，而豪宅主人的身分成謎，為什麼要建造這樣危險的火爐在地下室的原因也無解，所幸因為豪宅獨門獨院，地處偏僻，沒有波及其他住戶，而地下室中，發現了一對男女的焦屍……死因是高溫燒死，這對男女死時雙手緊握，面帶笑容，諸多疑點，無法解釋。』

「喂！」一個女孩拍了拍男子的肩膀。「喂喂喂！我剛叫你有沒有聽到啦！」

「啊！是妳！」手拿著剪報的男子被這女孩一拍，臉上露出吃驚的表情，好像被驚醒似的。

「還在看這篇剪報？我不懂欸……這有什麼好看的啦！」女孩有著一頭柔順貼耳的短

髮，水靈靈的大眼睛，嘴巴微翹，好一個美麗俏皮的美女。

「這是我考古歲月中，所經歷過一個非常重要的事件。」男子搔了搔頭髮，害羞的笑了笑，他身材高瘦，頭髮雖然凌亂，五官卻是英挺，是一個相貌堂堂的英俊男子。

「喔……好啦。你們考古的人都是怪人！哼！」女孩看著男子一會，皺了皺眉頭，「別動，你的頭髮好亂。」

她伸出雙手，替男子順了順頭髮。

「等會可是你對國際發表你研究『雙劍』成果的重要時刻，你頭髮怎麼還是亂翹？」

「是。是。親愛的娘子大人！」男子笑了笑，用他粗糙的大手，握住了女孩正替他順髮的小手。

「誰誰誰……誰是你娘子？你給我說清楚！」女孩聞言滿臉通紅，手心被男子緊緊握著，卻沒抽回來的打算。

「你這個大色狼！臭小黃！色小黃！」

「哈哈哈……」男子大笑著，突然笑聲一頓，輕聲的說道：「好久沒人叫我小黃了，好久了……」

小黃穿著整齊的西裝，踏上了講台。

講台底下的聽眾雖然不多，寥寥三十幾人，卻都是來自各方各界的大人物，他們的目的都只有一個，聆聽這位從考古界剛剛崛起的新星，籌備了三年的古物研究報告。

小黃攤開講稿，調整了麥克風，吸了一口氣，隨即，清朗嘹亮的聲音，從他的口中發出，沒有一絲青澀，沒有一絲怯懦，完全展現了考古大家的風範。

「各位來賓大家好，謝謝各位在百忙中，還抽空來聆聽這次的考古成果發表會，這是發表會的主題，相信各位都已經非常清楚，就是『雙劍』。

「雙劍，就是我們在稗官野史常常看到的，『干將』和『莫邪』雙劍，關於它們的典故，相信各位已都耳熟能詳，干寶的《搜神記》，甚至是民初魯迅的《故事新編》，都有詳述這段雙劍誕生的因緣，所以我就不再詳述了。

……

「這次我要提的是，雙劍的材質，根據我的恩師，也就是已故的雷博士，他的研究指出，雙劍的材料並非地球原產，而是來自外太空，一顆墜落地球的隕石，這樣的材料，被我們通稱為『隕鐵』……」

小黃說到此處，底下的觀眾微微騷動起來，每個人都露出詫異的表情。

「各位稍安勿躁，之後的事實將會更加震撼，雙劍雖然在幾年前那場意外之中，受到了極大的損傷，但是仍無損我們的分析，我發現雙劍的材質雖然罕見，卻非無跡可尋，請各位看一看這張幻燈片。」

小黃一說完，他的助理馬上在講台後方的白牆上，打上一張幻燈片。

幻燈片上是雙劍在電子顯微儀器下所拍攝的照片。

「以各位對科技材料的認識，一定會訝異，這雙劍的材料果然特殊，老實說，我查遍了元素表，也找不出這種排列方式的金屬元素。況且，雙劍的密度更顯示，『干將』極輕，『莫邪』極重，都超越我們對金屬的認識範圍，也因為如此，正給了我一個靈感，那就是……如果雙劍根本不是金屬呢？

「助理，麻煩下一張。

「各位看到，這張幻燈片拍攝的是人體的DNA螺旋圖形，現在，我用特殊的電腦程式，把這對雙螺旋拆開來，就會是第三張幻燈片。助理……」

第三張幻燈片一打上白牆，底下的觀眾終於按捺不住，發出了一聲聲的驚嘆。

——我的天啊！

——真像！

——真的很像雙劍……怎麼回事？

「是的，當初我得到這樣結果的時候，也是像各位一樣驚訝，雙劍的原子排列，竟然和我們人類或者是地球的生物，體內負責紀錄遺傳密碼的DNA雙螺旋極為類似！這代表什麼？這對從外太空來的特殊材質究竟是什麼？

「而且三年前，當我隨著雷博士首次拿到雙劍，它就伴隨著許多驚人的謎題，第一個謎題，是雙劍就像是我們電池所用的陰陽兩極，一極放電，一極收電，能夠產生極為驚人的能量。

「第二個謎題，是當時有一位奇怪的男子，他和雙劍的淵源似乎很深，不過，這男子也在上次的意外中罹難，大大增加了這謎題的難解程度。

「不過，這些謎題，我想都會隨著解開雙劍排列DNA方式，一個一個的解開，雙劍的祕密，就隱藏在這些DNA排列中，裡頭可能是帶領人類科技大躍進的普羅米修斯的火柱，當然，也可能是足以毀滅人類的潘朵拉之盒。

「最後，我可以這樣說，我不排除，雙劍其實是『生物』的可能性，而那位神祕的男子，也許也是一個同類型的生物，它們之間的關連性，需要更長的時間研究，方有結果。」

……

原本預定一個小時的演講，因為聽眾問問題太過踴躍，等到小黃精疲力竭的離開講台之時，那位短髮女孩，已經足足等了三個小時。

「等了好久喔……」女孩瞇著眼睛，嘟著嘴巴抱怨著。

「嗯，對不起。」小黃鬆開了領帶，歉然一笑，「那我送妳回家吧。我車停在前面。」

「對了，小黃，剛剛助理拿了一些信來，說是恭喜你考古發表會的。」

兩人走到了一台藍色汽車前面，小黃用遙控器打開了車門，兩人坐入了車內。

「喔？恭賀的信件嗎？」小黃笑笑，「那妳幫我看看吧，我要開車沒空。」

「好啊。」女孩從第一封信開始看起，說道，「這封信是……雷博士考古團隊……他們合寄給你的？雷博士考古團隊，那是什麼啊？」

「呵呵，雷博士的考古團隊雖然解散，大家還記得我啊……」小黃雙手握著方向盤，淡淡一笑，笑容中似是感謝，更多的卻是懷念之情。

「還有，這是你大學時候的朋友哇！他們也來恭喜你！原來你朋友都是唸財政的？」

「是啊，我當初放棄財政，跨行玩考古，呵呵。」小黃開著車，頭一偏，忍不住笑了起來。

「呵呵呵呵，他們一定沒想到我這個半路出家的傢伙，可以玩出一點名堂吧！」

「是啊！……咦？」女孩翻到了最後一封信，卻露出了困惑的表情。

「怎麼了？」

「這封信好奇怪。」女孩拿起最後一封信，這封信的信封是暗紅色，帶著一點古樸的氣味，上頭只有寫收件人小黃的名字，卻沒有寫寄信人的住址。

「怪信嗎？」此時交通繁忙，小黃無暇搭理女孩，只能雙眼注視著前方，閃躲著來車，說道，「那就開來看看吧。」

「嗯……好！」女孩撕開了信封，低聲道，「咦？這封信裡頭，沒有信紙……」

「沒有信紙？怎麼這麼奇怪？」小黃眉頭皺了皺，眼前的交通十分混亂，他仍抽不出手來看。

「再仔細看看，信封上有寫什麼嗎？」

「沒有啊……啊！有了！」女孩翻來覆去檢查這個紅色信封，突然像是發現新大陸那樣，發出驚喜的叫聲。

「這裡有個印章記號！」

「印章記號？上頭寫著什麼？」

「啊！是古字，我認不出來，我只知道是兩個字。」

「古字？哈，跟我玩古字？這不是關公面前耍大刀嗎？」小黃哈哈大笑，順手接過了那個信封，一邊注視著交通狀況，同時用眼角餘光瞄了那古老印鑑一眼。

「小黃，是……」女孩的話來不及說完，突然車身一陣劇烈搖晃，她身體往前猛然一撞，竟是小黃踩了緊急煞車！

她吃了一驚，轉頭往小黃看去。

只聽到小黃伏在方向盤上，雄壯的身軀竟然不斷顫抖著。

「小黃，你怎麼了？你……怎麼回事？」

只聽到小黃喃喃的唸著：

「這兩個字，是……劍……叔……

「劍叔……他還活著……

「還活著……」

*The End*

Div作品 04

# 雙劍傳說

國家圖書館出版品預行編目資料

雙劍傳說 ／ Div著 — 二版. — 臺北市：
春天出版國際，2010. 04
面；　公分. —（Div作品；4）
ISBN 978-986-6345-21-0（平裝）

857.7　　99004392


ISBN 978-986-6345-21-0
Printed in Taiwan

| | |
|---|---|
| 作者 | Div |
| 總編輯 | 莊宜勳 |
| 企劃主編 | 鍾靈 |
| 封面設計 | 克里斯 |
| 美術設計 | 數位創造 |
| 發行人 | 蘇彥誠 |
| 出版者 | 春天出版國際文化有限公司 |
| 地址 | 台北市信義路四段458號3樓 |
| 電話 | 02-7718-0898 |
| 傳真 | 02-7718-2388 |
| E-mail | frank.spring@msa.hinet.net |
| 網址 | http://www.bookspring.com.tw |
| 部落格 | http://blog.pixnet.net/bookspring |
| 郵政帳號 | 19705538 |
| 戶名 | 春天出版國際文化有限公司 |
| 法律顧問 | 蕭顯忠律師事務所 |
| 出版日期 | 二〇一〇年四月二版 |
| | 二〇一二年十二月二版十四刷 |
| 定價 | 200元 |

| | |
|---|---|
| 總經銷 | 楨德圖書事業有限公司 |
| 地址 | 新北市新店區復興路45號3樓 |
| 電話 | 02-2219-2839 |
| 傳真 | 02-8667-2510 |
| 印刷所 | 鴻霖印刷傳媒股份有限公司 |

S P R I N G

每一本好書都是一顆種子，
春天播種在你的心田夢土上。

Spring

S P R I N G

每一本好書都是一顆種子，
春天播種在你的心田夢土上。

Spring